于千喬、李原芳、王昱婷・著

X腳踩地圖

當我們同在一起

本書主要是三個女生旅行的所見所感，
將旅途中的種種體會分享出來，沒有任
何的限制，天馬行空，自由發揮。

現實中的童話世界

梅梓餅與濃縮柳橙，絕佳風味

蜿蜒的萬里長城

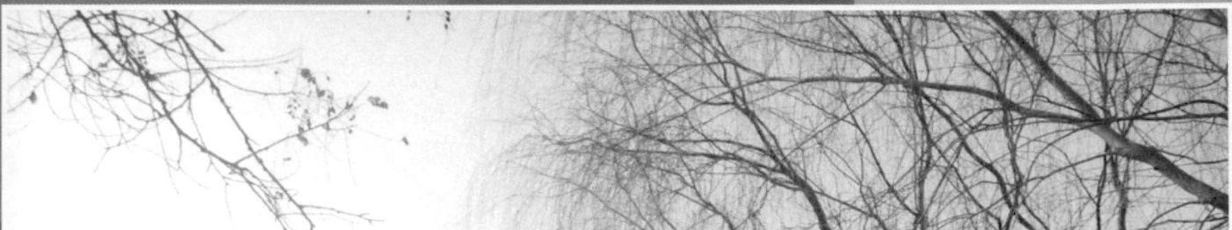

護城河畔

童話世界般的威尼斯人

縱橫交錯的鳥巢

花團錦簇哪

嚮往的迪士尼廚房

復旦的教授餐廳，點綴了夜上海

酒吧裡的男孩不知不覺中成為故事的主角

從不同角度，認識你曾去過的地方

林新茹

三個個性迥異的孩子，各自以不同風格的文字，就共同的旅行，交錯個人的旅程，寫下她們在國外所留下一站又一站的足跡。

中國大陸之大，很多人肯定是去過的。因緣際會之下，趁著去年兩岸學術交流的時候，走馬看花的稍微認識了北京的大概輪廓，礙於中國人過年圍爐吃團圓飯的習俗下，除非特別計畫或其他因素，否則極少人會選擇在除夕過年期間去旅遊，三個孩子就是這份例外，為了體驗別人不曾體驗過的北京城，為了重溫台灣漸漸失去的新年氣氛，義無反顧的選擇在寒冬的季節，前往那塊土地，故事就這麼開啟了……

每個人的遊玩方式都不盡相同，書中所呈現的各個地方，有些是大家熟悉的著名景點，有些是少為人知的地方，曾去北京旅行過的人，你可以循著書中的脈絡，找到曾經去過的地方，重新回味一番，即使是同個地點，因為季節的變換也會呈現出不同的景色；抑可以發現其他不曾去過的地方，從不同的角度，認識一個不同氛圍、不同面貌的北京城。

除了北京外，書中的篇章也交錯著其他國度及故事，讓書呈現出更加活潑而多樣的面貌。不擅長用文字描寫的我，以往只能透過雙眼與第三隻眼——相機，記錄下一段段的回憶，以最原始、靜態的圖片與其他人分享，只是那份旅遊中的喜悅，一般只能放在心裡自己反覆回憶，甚至可能隨著時間的流逝而逐漸淡忘了。

三個孩子們從自己的視野出發，將旅途中的點點滴滴透過文字表達出來，不但為自己的人生添上一筆紀錄，也讓更多人能夠一同分享旅遊的快樂。

來自基輔的序

陸歷緯

承蒙本書各位作者們之愛戴，亦或是陷害，小的得以拙劣的文筆在此與台灣廣大的讀者們見面。

（以下開始超級白話文，實在無法偽裝自己有文學素養太久）

在短短二十五年的人生中，足跡踏過十數個國家，有自助有跟團，二〇〇八年跟于老大和原芳的北京過年之旅無疑是小的旅遊史上最有趣的經驗之一。

二〇〇七年逢父喪，于老大此時向小的提出赴北京過年的提議，小的遂向家人「通知」於過年獨自出國旅遊之決定，出奇地家中無一人反對，歸因於小的一向叛逆的形象早已成功深植人心，家人也懶得多費唇舌。

于老大跟原芳早已在內地橫行多時，堪稱是老北京，一路上有她們相伴，小的何懼之有？倒也省去了繁複的行前準備功夫。於是乎我們個性迥異的三人（一輩子想低調都無法低調的于老大、溫柔可人的李原芳以及害羞內向的小的）浩浩蕩蕩前往北京……。

之後我們又跟于老大的老大——鹿老師一家會合，總算是大家集合完畢。一路上受到鹿老師一家無分親疏的照顧，相處融洽（聽說師丈念念不忘與我們在王家客棧連續幾天的方城之戰……戰果……小的當了散財童子，輸到差一點脫褲子沒錢回台灣）。

北京之美，北京之妙，各位稍後能在本書作者們的帶領下窺見一二，小的在此不多加贅述，不過倒是有些有趣的小心得想跟大家分享。

一、剛到北京不久後，小的即萌生了想整型的念頭……

不知小的是長了三隻眼睛還是有兩個屁股，不管到北京的哪個角落，就算不開口，當地人總是有辦法知道小的是外地人，想當然爾，有時我們真的就被當成呆胞對待。不過後來這棘手的問題，小的都很孬種的丟給于老大解決，讓她去議價，我們是摯友……

二、北京男人的口頭禪……

還記得一晚上我們三人在下榻處附近的小餐館大啖四川水煮魚的同時，不時聽到隔壁桌傳來兩名男子談話中互相問候對方母親的對話。剛開始以為他們在吵架，之後定耳一聽，發現他們只是在交談，但是每隔二十秒都能聽到：我X你媽，blah blah，一頓飯聽下來，聽得小的覺得家母都要懷孕了……不過還是很開懷的嗑完水煮魚。

三、這到底是北京還是巴格達？

如果你想在過年時重溫小時候到處放鞭炮的情景，小的在此為各位獻唱一句：北京歡迎你，為你開天闢地……（以下省略，忘了怎麼唱）。此話怎講？過年這段時間，小的終於稍微能夠體會英軍、美軍士兵在巴格達作戰的心情。鞭炮聲密集的像是在戰場前線，從早到晚、大馬路旁小胡同裡，幾乎沒有半刻停歇。真讓人有：我們身處北京還是巴格達的錯覺。不過，這也才是道道地地華人過新年的氣氛啊……

四、有沒有大家到北京都狂吃糖葫蘆跟上清真餐館的八卦？

有！正是在下！北京糖葫蘆是到北京不得不吃的小吃，在台灣大多只有小蕃茄或是配合產季能吃到小草莓糖葫蘆。但在北京不一樣，小蕃茄是基本款，另外有又大又甜的草莓、香蕉、橘子及各式各樣的水果都可做成糖葫蘆，滋味不消說真是一絕；還有，北京市裡林立大大小小清真餐館，我們上清真館子吃飯有如進出自家廚房平常。香噴噴的烤餅、跟孜然一起烤的羊肉串……（寫到這邊都要流口水了，再講下去只會覺得基輔大學食堂的食物大多像垃圾）也堪稱為經典！聽說隔年于老大她們再去我們常去的那家清真小館，女主人還認得她們……

請各位不要誤會，北京予小的印象頗佳。冬天涼爽的天氣、合理的物價、熱情的居民（不知道這樣的讚美，北京旅遊當局會不會頒獎給我們？）大大地提供小的再度遊玩北京的動機。如果各位還沒去過北京，建議各位看完本書後可以開始計劃去北京了！如果各位已經去過北京，不妨也參考一下本書作者們眼裡的北京，保證會對北京有新的感受！

序後的胡言亂語

自從于老大下令要以本名寫序之後，小的已經決定一回台灣就馬上去戶政事務所改名字，要不然就是乾脆不要回台灣了！（開玩笑的，再怎麼樣也要回台灣吃魯肉飯！所以可能真的要改名字了！）

話說，寫到這邊不知道有沒有一千字了（于老大吩咐的）！另外，希望各位在愉快地閱讀本書之餘，也請為小的祈禱，希望能活著回台灣吃魯肉飯（飯桶一枚），因為現在烏克蘭境內好幾種流感肆虐，全國停課最少三週；再加上烏俄天然氣之爭，聽說俄國要斷烏克蘭天然氣，突然有點害怕自己不是病死就是冷死異鄉！（這樣好像不太光彩）

最後，當然要預祝出書順利！希望于老大、原芳及昱婷成為暢銷旅遊作家！（這樣于老大就更有藉口常到處晃）

生命誠可貴，愛情價更高，若為旅遊故，兩者皆可拋。

與大家共勉之～

野咖 小陸

07/11/2009

AM: 04:13 @ Kiev

自序

這本書能夠大功告成，要感謝許多朋友的大力「鞭策」。

寫作，對我來說從不是件積極的事，相信我的夥伴也是如此。但是，我們太喜歡旅行，太喜歡遊戲的時間，留下的回憶，都是人生中的經典。所以，動了寫作的念頭，希望給自己一點紀錄。去過的國家不算多，也不算遠，對於我鍾愛的地方，總是多停留幾天，恣意地東走西走，就是我生活的步調。把這樣的步調寫成文字，不管受不受到青睞，都是開心快樂的。如同我的旅行，簡單、隨性，屬於自己的味道。

一年的時間，我們完成了這本書。有些地方是我們一起去的，有些則是和別人的旅行，旅行的時間可以說是越拖越長，無所謂遠近，待上十天半個月是常有的事，像北京，因為熟悉，反而越來越離不開了。旅途中的種種體會，除了自己感受，也希望分享給懂得的人。喜歡旅行的人，不妨看看我們的文章，或許會找到相同頻率。

旅行，不會結束；希望我們的寫作，也沒有盡頭。

于千喬

＊＊＊

這本書能夠完成對我來說是個奇蹟，感謝主導者于同志。

從小就喜歡看書，近期則更愛旅行。小時候覺得書本像是一座橋，可以帶我到任何地方，領略各地的風土民情；愛上旅行之後，發現旅程就像一本書，我化身為書中人，用生命演繹那令人難忘的情節，串起一連串屬於我們的精采。旅行不再是旅行。

關於番外篇文章的由來……話說，有天月黑風高，我孤單的坐在電腦前寫稿，一燈如豆，拉長了我的孤單，忽然間，狂風暴雨「天外飛來一雷」劈中了我可憐的腦袋瓜，霎時，有如天魔附體般，雙手無法自制，答答答的在鍵盤上敲出了天地為之驚嚇、鬼神為之哭泣的番外篇文章，篇篇皆是某人在異地「漏電」的過程，在天意的捉弄下，我完成了這些美麗的愛情詩篇，送給期待已久的朋友們，我終於完成了我的承諾，特將遊戲之作置於書後，博君一笑。

李原芳

＊＊＊

出版，曾經只是一個深埋於心中的夢想。如今，它已破繭而出。

一年前，大夥兒士氣高昂，步步勾勒著心中的藍圖；一年後，埋首稿件中嘔心瀝血，寫作中歷經的煎熬與磨礪也嘗盡了，但當完成之際，刹那間一切的辛苦灰飛煙滅，難以言喻的喜悅取代了一切。

我熱愛旅行，這是從小埋下的因吧！小時候的我，彷彿游牧民族般遊居於北中南的土地，習慣了停留在不同的地域，也造就了我隨遇而安的性子。長大後，走得更遠、更廣，驚嘆著旅程中所見的點點滴滴，在心中激盪起一波又一波的漣漪。我想，我將懷抱著旅行，無法自拔。

雖然旅遊中的美好難以傳述得完整淋漓，但我想告訴您，用一字一句訴說著滿腔回憶。我將感動幻化成文字，用快樂拼綴成斑斕色彩，嵌繪出一幅幅絢麗的圖像，我們用了一年的歲月蘊釀著……這屬於我們的心血結晶！

王昱婷

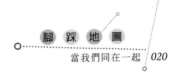

腳踩地圖 CONTENTS

大約在冬季

我們都是饕餮

恣意步行

番外篇

大約在冬季

大家都喜歡北京

于千喬

這是個很難得的經驗，我連著幾年都到北京過春節，別人嫌北京冬天太冷太蕭瑟，我卻執著於它的寒風刺骨。除了雙手需要擦點護手霜，幾乎是不用擦乳液的。

北京是個特別的地方，融合古典與現代，雖然我仍無法接受四合院後有座大樓聳立的景象，但這似乎也是一種視覺藝術。加上二〇〇八年的奧林匹克運動會，「One World, One Dream.」口號，打響了世界，北京更加呈現了新舊交織的情感味道。有人說，北京的變化太大，為了走向國際，犧牲了很多很多古蹟，蓋地鐵、拆胡同，連後海的酒吧街都氾濫成災。對我而言，這個有便利交通環繞紫禁城的地方，舊空氣添加的新的調味料，或許是盤色香味俱全的美味菜餚。

前幾日看夏祖麗為母親所寫的《林海音傳》，對林海音小時候的北京生活很有興趣，也看出了英子對北京的感情。林海音是台灣人，生於日本大阪同仁醫院，後再移居北京，二十五歲多才又回到台灣，生命的位置，就此停留。林海音寫北京，很是地道，他用小英子童年的雙眼，仔細觀察週遭人事物的流動變遷，各有千秋，賦予每個人物生存的價值，即便那個人辛苦耕耘了一生。跟老舍寫的感覺，很不一樣。

他們都不是北京人。

北京沒出什麼文學家，寫北京寫的漂亮的也都不是北京人。林海音不是，老舍也不是。他們憑著自己一段歲月的記憶，寫北京。

我不是文學家，也沒有妙筆可以生花。但我也喜歡北京，那是離我故鄉很近的地方。尤其是北京不見翠綠的冬天，植物園裡連曹雪芹故居都在保養整修，整個城市幾乎不見一點綠意，但我不覺得蕭瑟，這是北方冬天該有的樣子。林海音在她〈苦念北平〉一文裡用季節去回憶北平，春天的短促、夏季的暴雨、秋天第一個水果上市的消息、冬季的鵝毛大雪。我只喜歡體驗冬天，即便幾年都沒見著鵝毛大雪。

北京的冬天，有過年的氣氛，琳瑯滿目的小玩意兒、小點心、小遊戲，串聯了世界各地的造訪者。真的冰糖葫蘆和假的冰糖葫蘆都有人買，都很喜氣，將真的冰糖葫蘆放進嘴裡，甜得融化。拿著V8的老外雀躍的拍攝著，捕捉人來人往的熱鬧，我向鏡頭揮揮手，希望能把身影留在攝影北京的V8裡。或許，我們見不到林海音《城南舊事》的原貌，但城市氣味遺留下來的影子，卻隨形，過客們呢？也試圖尋找。

老北京與新北京。

One Night In Beijing

李原芳

北京是一個特別的城市，它有百年古都的古樸與莊重，處處充滿人文氣息，卻又有著現代化的痕跡，科技化與人文相互交錯替這個城市增添了特別的風采。

第一次到達北京的我是興奮的，這個城市有我所嚮往的氣息，處處皆是古代的風華，令人沉醉不已，尤當夜深人靜，與三五好友一同於街頭漫步，領略古人詩詞中的清風明月，享受難得的寧靜，或隨著岸邊垂柳遙想當年故宮風采，夜晚的北京總讓我忘記今夕是何夕。

印象最深的一晚是待在北京的除夕夜，此時的北京不同以往的溫婉，反而爆發出蓬勃的生命力。還記得那晚，第一次在異地過年的我們異常興奮，總覺得這個城市捉住了年的尾巴，充滿了過年的喜慶，但吃過年夜飯後準備踏上歸途的我們，很快的就要接受「震撼教育」了。

砰！倏地一聲巨響在我們身後的胡同響起，原來開始有人燃放起炮竹，炮竹在地面上爆炸，再加上在小胡同燃放，瞬間聲音放大了十倍，彷若雷鳴一般震人心魂，這聲炮鳴像是序幕一般，很快的鞭炮聲在四周此起彼落的響起，有時你才剛走過一條小巷，鞭炮聲馬上在你後腳跟響起，好像在玩踩地雷一樣，令人防不勝防，步步走來，步步驚心。

俗話說好戲在後頭，這句話一點都沒錯，當晚和友人們在飯店守歲，看著當地人引以為傲的「春晚」，從節目中再一次熱烈感受到「年節」對中國人的重要性，它是中國人對家鄉的連繫，更是傳統文化得以傳承的重要關鍵，正在比較兩地文化不同的我們，忽然被一聲「砰」吸引了注意力，原來是一支沖天炮在我們十五樓的窗戶外炸開，燦爛的金光在漆黑的空中顯得格外炫目。像是信號彈一般，瞬間無數的沖天炮爭先恐後的衝向天際，綻放生命中最後的光芒，像是頑童在墨黑的畫布上打翻水彩盤一般，五顏六色頓時在天上暈開，彷若姹紫嫣紅開遍，遠處、近處皆是繁花朵朵，今晚的天空——好不熱鬧。這場煙火秀整整持續了約四十分鐘，我們戲稱大概整個北京的人都跑出來放煙火了，這場秀美則美矣，但是接二連三的爆炸聲也實在令人吃不消。

北京人藉由放煙火表達他們對於過年的熱情，藉由煙花燦爛的那一瞬間釋放出這一年來的喜怒哀樂，積聚面對下一年的勇氣與信心，因此「年節」對他們而言是重要的，它象徵著結束與開始。

年節對中國人來說，一向是特別的，在辛苦了一年之後，能夠返回家鄉與家人團聚，一起為過年作準備，大家開開心心的聚在一起，暫時忘記現實中的不愉快，共同分享喜悅，藉由家人與故鄉的力量，再一次迎接未來的挑戰。「年節」就像是一條摸不著的線永遠牽繫著在外的打拚的遊子與溫暖的家鄉。

你會愛上這裡

王昱婷

每到過年總是令人欣喜，尤其是在小時候，春節前後年味氣氛濃厚。如今，時代的推移，過年彷彿只是個形式，街上除了多些賣春聯、糖果的攤子外，那份傳統的年味淡得幾乎不見了，僅剩點虛虛幻幻的影子在做最後的掙扎。

生平頭一回沒在家鄉過年，就獻給了北京，我們在年前就到了，大街小巷處處張燈結綵，各式各樣五花八門的傳統裝飾，將街景綴上了喜氣洋洋的大紅。賣場裡更是人山人海、萬頭鑽動，架上擺的、手裡拿的全往賣場推車裡放，雖然還沒新年初一，但已有許多人穿上大紅棉襖及衣裳，凍得通紅的雙頰漾著滿滿的過節喜悅與開心，當下即便推擠碰著了，口頭說聲恭喜新年好，也就化解了，聽著賣場外隆隆作響的鞭炮聲，眼前的情景的巧妙搭配，真是熱鬧極了。這個年，年節氣氛濃得化不開。

名字與天壇相對的地壇，在一般的日子裡名氣不似天壇響亮，但在春節期間便搖身一變，成為人人爭相前往的熱門地方，因為熱鬧的廟會是北京城新春年節中的一大盛事，地壇所舉辦的廟會規模盛大可謂遠近馳名！

廟會對我而言，曾經只是個存在於電視及幻想中的名詞，同伴們知悉我熱愛這種氣氛，極力鼓動著我一定要體驗過一次新年逛廟會的滋味。夢想成真的當下，注意力早已被入口處大片艷紅喜氣的結綵掛飾深深的吸引，緋紅一片如鮮花朵朵綻放，如火般的熱情燃燒著視覺與情緒，心臟激動的強烈搏動著。興奮的走進會場，眼前的景象令人大開眼界，廣闊的場地一區區、一排排搭建出星羅棋布的整齊攤位，井然有序的分成遊戲區、購物區與食物區，攤販的陣陣吆喝聲與如潮水般洶湧的人潮，激盪出高昂的年節熱鬧氣氛，穿梭在如織的人群中卻不感到擁擠難耐，因為心靈早已讓驚嘆與喜悅填滿了。原來這就是廟會！

廟會彷彿台灣的夜市或如日本節慶的慶典，只是北京的廟會僅在春節白日舉辦，新奇程度更上一層。踏入遊戲區，五花八門的遊戲令人眼花撩亂，每一個遊戲攤販的棚架上掛滿各式各樣的玩偶，甚至比我整個人還巨大的都羅列其中，只要有本事，巨型玩偶店家都豪爽的隨你帶走。換了代幣摩拳擦掌的玩了幾回，最後贏得了一個如同行李箱般大的愛心抱枕，差點就抱回一隻比我還高大的大熊玩偶。同伴嘻笑著說：「你要真贏得了那隻大熊，回程你可得幫它買個機位囉！！」從早便開始輕鬆歡笑的除夕，也是第一次！

這一年的除夕，我累積了許多的第一次，所有的「第一次」都在我的心中烙下深刻的記憶。

我們．團圓了

于千喬

大概怎麼樣也沒想到，這次去北京，我會背負著「于府團圓」的使命，跟住在朝陽區的三伯父碰面，他是爺爺的姪子，因為戰亂，爺爺投筆從戎，進入黃埔軍校，三十八年來台，兩岸隔閡，一直到爺爺過世，都沒再見過彼此。

自我有記憶以來，奶奶就常跟我宣傳往事，所以很小的時候就知道我們在北方還有親人，遍佈瀋陽、吉林、北京，是個大家族。奶奶出身望族，四合院式的家門大到可以讓卡車開進來，倒了滿地瓜果。家裡有三個師傅煮飯，每次到用餐時間都跟打仗一樣，二十幾口人輪番上陣，按著輩分先後上桌，吃完早餐差不多就可以準備中餐了。爺爺是醫生家庭，本以為鋪好當醫生的路子被時代喊停，成了軍人，腿上槍子兒留下的傷疤是歷史的見證，也是勇者的象徵。三十八年初，爺爺隨國軍來台，奶奶帶著姑姑，躲過槍林彈雨，在年底抵達台灣，此後四十幾年的歲月，我們跟大陸那邊都只以電話和信件連絡。七十一年，爺爺去世了，留下了遺憾給奶奶，兩岸情勢還不容許返鄉探親，但終要面對。八十三年，奶奶鼓起勇氣，收拾行裝，戰戰兢兢歸鄉，重返她土生土長的地方，情怯，人事依舊，景物全非。

這些年，奶奶年紀大了，心臟的問題讓她無法再挑戰搭飛機，以為家裡不會再有人往北京跑。沒想到，她的孫女繼承了這份家業，唸中文系的我跟北京似乎有著剪不斷理還亂的關係，不管於公於私，都喜歡去北京，尤其是冬天北方寒冽的氣候，很適合我。常頂著零下幾度的低溫，在機場裡打顫。姑姑說，既然去了，就該去見見三伯。我在大年初一的月牙胡同等著他來接我，他說，妳像北方人，跟爺爺像，跟我也像，說完，眼眶泛紅。我們喝著燕京啤酒，細說從頭。

除了三伯，我也奉命與舅老爺連絡，他是奶奶的弟弟，自小就是奶奶帶大的。我在王府井飯店等著他來接我，他很怕認不出來，姑姑電話那頭笑說：「很難，很難認不出來。」我出現在大廳轉角，一眼看出來，您跟奶奶太像太像，像是一個模子刻出來。接過您手中的孫兒，結實的肌肉，活蹦亂跳，抱在手中，恍如隔世，孩子，你是楊家這代唯一的兒。我不禁將你抱緊，你是傳承的痕跡。

爺爺啊，您在天上看到我重履你的足跡嗎？

捉住年的尾巴

李原芳

講到過年，孩子們一定會雀躍的跳了起來，我也是，當年齡還小時對過年可是萬分的期待，不僅可以領紅包，還有許多好吃的東西吃，可以放鞭炮、可以看有趣的電視節目、可以和許久不見的表哥、表姊們玩遊戲。過年──是熱熱鬧鬧、開開心心的。

不知道從何時開始，我對過年已沒有了最初的期待，或許是家庭因素、年齡漸長的關係，年節對我而言，就跟普通的假日一樣，直到在北京度過兩次年節，我才發現了年的尾巴。

在北京的這段期間，我充分的感受到了年節的氣氛，而且是中國人的年節。走在王府井大街上，處處張燈結綵，掛滿了屬於今年的吉祥物，擦肩而過的行人臉上都掛滿了過節的喜慶，一些著名的景點也早早搭起了小帳篷，只有過年才會出現的攤販早已摩拳擦掌的進駐於此，整個北京就像返老還童一般，突然生動起來。

最令我驚艷的當屬北京的廟會，廟會多在春節舉辦，由於源於寺廟附近，加上又有小攤販聚集，慢慢的演變成一種集會，故稱廟會。

廟會可以說是集吃、喝、玩、樂於一身。我們第一次去的是東嶽廟廟會，一開始錯過了開幕式，但在東嶽廟的周圍已看見絡繹不絕的遊人與小販。在廟門口是在台灣已少見的舞獅，鮮豔的色彩與生龍活虎的動作將新年的生命力展露無疑。

東嶽廟主要供奉的是東嶽大帝，還有地域陰司之神，一踏進廟門，映入眼簾的是一片鮮紅，原來是通往主殿的福路，掛滿了紅艷艷的福牌，牌上寫滿了對新年的願景，人們希望藉由這條路以及眾人的祈願將希望幸福的願望上達天聽。

廟會興盛之時，禮拜神明的人潮亦絡繹不絕，在新年期間上香祈福，似乎已成為我們根深蒂固的傳統。陰間七十二司已環狀分布於東嶽廟內，司司皆有相對應的塑像，塑像栩栩如生，描繪出人們心中所畏懼的未知世界，表達其勸人為善的思想，莊嚴肅穆的感覺與週遭的喜慶呈現出鮮明的對比，令人為善之心更加堅定。

東嶽廟的廟會多了一些民俗文藝氣息，在廣場上，有民俗技藝團在表演：有小小的人兒在表演雜耍、俏麗的姑娘示範著民間藝術……，在這普天同慶的日子裡，他們在舞台上賣力的演出著，將自己苦練的成果與眾人共享；周圍還有許多與新年有關文藝展覽可入內觀賞，透過生動、有趣的圖文讓人對新年有更深一層的認識。

至於吃、玩更不用說了，早就準備好迎接人們的到來，於是許多久違的童玩、小吃，紛紛在此地現身，在這裡，每個人似乎都回到快樂的童年，開心的吃吃喝喝，挑戰各式各樣的遊戲。

我們就像劉姥姥初進大觀園一般，被各種千奇百怪的攤位吸引，一下子去吃甜蜜蜜的茶湯、又跑到回族小吃攤前吃了一回香噴噴的炒麵、還吃了甘甜的蜂蜜糕、脆而香的花生糖；參觀了苗女的銀製品店、小巧的模型店、古玩店；還實地體驗了當地的遊戲，那就是將球扔進傾斜四十五度的桶內，只要進了一定的顆數便可任選架上的一隻大玩偶，被肥胖貓熊玩偶迷惑的我，當下便加入了行列，可惜技巧不佳，無法抱得貓熊佳人歸。

那天，我突然找回了過年的樂趣以及小時候的心情，在這裡，我捉住了年的尾巴……

初相識

王昱婷

冽風狂舞，將遍地的枯葉旋成一個又一個的迷你型龍捲風，眼光所觸及之處盡是一棵又一棵光禿禿的乾枝枯樹。雪呢？我渴望的潔白紛飛、一望無際的銀色世界在哪？沒有！！因為水氣的不足，將一行人滿心的期盼全打入谷底。當下，迎接我們的只有漫天飛舞的黃沙，一片土灰黃澄的大地，以及……令人凍的渾身發疼顫抖的寒風。二〇〇七年的一月，我初次來到北京！

走在這塊陌生的土地，從沒有見識過、體驗過的嚴寒最是令人吃不消，彷彿將人置於一個巨型冷凍庫般。寒風全然無視如落葉般顫抖的人們，在冬季，它便是主宰，暗中策動著風不定時襲擊人群，尤其越到夜晚，溫度驟降，挾著低溫的風殺傷力更為強勁。身體穿裹著厚實的毛衣、羽絨外套較無大礙，但僅著單層手套與毛線帽的手和頭，在低溫的寒風下，顯得毫無招架之力，更毋庸說是完全沒有一點遮掩而直接暴露在外界的臉。風，簡直就像利刃一般，一刀一刀的刻劃著皮膚，一吋一吋剜挖著骨頭，上下排牙齒不受控制的喀喀作響，渾身骨頭刺痛得彷彿將從身體深處發出慘烈的悲鳴！讓我生平第一次體會到所謂的「寒風刺骨」究竟是什麼感覺！

進入充滿暖氣的室內簡直是天堂，首夜在馬老師夫婦熱情的安排招待下，滿桌佳餚滿足了早已飢腸轆轆的胃，熱湯之後小酌一杯，更是阻擋了原本從四肢末端逐漸蔓延至體內的冰寒，連糾結在一塊的五臟六腑也舒展開來。夜深，分別之際，婆婆擔心我們這群沒經歷過嚴寒的孩子們，直把自個兒身上的圍巾、手套、帽子和暖暖包往我們手裡放，細細的叮嚀著：「今個兒呀可是咱們北京最冷的一晚，忍過去就沒能嚇著你們的冷囉！衣裳不夠再跟婆婆說，婆婆家裡還有哪！」此刻，手中婆婆給的暖暖包，彷彿在冰冷的身子裡燃起了一盆爐火，不管外邊天候是多麼的冷冽，但心裡總覺得好暖好暖……

夜裡，乘風漫步於北京的街道，看著陌生的街景，想起初到時的失落和對於寒冷的畏懼，而今才消多少時刻，卻已滿載著當地人們的殷殷關心與溫暖，不但洗滌了整日奔波的疲憊，更給了滿懷的感動與活力。此時，突然覺得撲在臉頰的風好似變緩了，變柔了，不再是那樣的犀利逼人。世事本就難以預料，沒有皚皚白雪又何妨？能夠這樣與不受干擾的古老北京城做最直接的接觸與對話，說不定是另一種的幸福吧！

這年，我與北京冬季的初次相遇，帶著滿滿的溫暖繼續旅行……

再相逢

王昱婷

上回離開北京時，大夥曾依依不捨的相約五年後北京再見。沒料到，完全不在預期中，才隔一年，我又再次踏上了北京的土地。有了上回的經驗，知曉一月底的氣候肯定冷的，沒了倉惶失措，從容的踏出機艙門，深深吸了口冰涼的空氣，湧入心脾的寒氣滅不了滿腔的喜悅，前年徘徊在腦海中的深刻記憶仍舊清晰，而熟悉的景致則再度推動起那份停止的情感，當下內心興奮得直想大喊：「北京，我又來了！」

舊地重遊的那份心情令人雀躍，猶如再見老友般的備感親切，一月的這兒依舊寒冷，噢不！不！而是更冷了。前年，北京的我們遇上了該年度最寒冷的一夜，怎知這麼湊巧，這回兒我們來到北京的日子，竟遇上北京近十年來的新低溫！比上回更寒冽的空氣逼得直叫人受不了，連當地人都大喊吃不消的低溫，曾讓我們一度後悔為何要遠渡重洋的來這兒自找罪受，好在惡劣的氣候漸有所回升，但氣溫仍然在零下，風陣陣吹來的寒意逼人，凍得我們常常得找機會往能擋風的建築物或店家裡鑽，暖暖冰冷的雙手與臉頰後再出發。這回，我們在更加冰天凍地的北京城裡，留下足跡與回憶……

每回第一夜，為了不習慣寒冷的身體，我們總是先到東來順吃涮羊肉補補身子，也在這兒計畫、構想著接下來的旅程，東來順彷彿成了開啟北京之旅的驛站，就如同東來順的歷史地位一樣，老祖先的智慧在此發揚光大，我們遊樂的精神也在這裡啟動。同樣都是承先啟後，我們將循著前人的腳步，在古老的北京城中重新走出一段只屬於我們的版圖。

北京，是個匯集千年歷史的古老名城，亦是個不斷源源注入盎然生命力的嶄新城市，每一回來到北京，都將累積另一個全新的記憶。這些新的經歷將不斷挑勾著腦袋深處舊的回憶，各式各樣的旅程中的回憶，有如酸甜苦辣鹹各種調味料摻在一塊揉在一起，重新融進身子裡，慢慢的醞釀、發酵，並再度以更加迷人的芬芳擄獲五感，連心也不禁醉了，深深的沉浸在全新的感動中而無法自拔，如罌粟般使人一旦沾上了變成了癮，那將成為一種戒不掉的迷戀，讓人再也離不開北京了……

穿越之年

王昱婷

年夜仿膳

第一次沒在台灣與家人吃年夜飯，千喬笑說著要我們放心，為了紀念這個第一次，咱們就來吃頓滿漢全席過過癮吧！

為了一嚐道地的宮廷滋味，大費周章的精挑細選已是經營宮廷風味菜餚老字號的仿膳飯莊。取名「仿膳」，意味專門仿御膳房方法烹煮製作餐點。

仿膳飯莊深藏於北海公園裡，為一嚐珍饈還得費一番功夫走過大半個北海公園才能到達。北海公園占地遼闊，人行步道環抱著整個北海，不同角度的北海一覽無遺，水、橋、楊柳相互輝映的秀美景致，讓人彷彿來到江南小鎮似的，而我們到達時已接近閉園時間，遊客稀稀疏疏，夕陽餘暉映紅了天際，枯樹參天，更添了份蕭瑟感。飯前，有靜雅的湖光水色，平撫了躁動的情緒。

穿過曲折迴廊，仿膳的牌匾躍於眼前，門旁已有身著宮廷太監服飾的服務員等待引領，裡頭的女服務員穿著滿清旗人傳統清裝，腳踩花盆鞋，頭頂大拉翅，典雅而正式，但並非全部的服務員都是這副裝扮，有部分是著丫環、長工裝，有的則是較現代的唐服或西裝。無論是何種衣著，都彰顯著他們的用心。

雖狂言要瞧瞧舉世聞名的滿漢全席，但除卻資力不足外，三個人倒還沒那個本事品嘗那麼多道菜餚！應景點了春節特別套餐。其中，不但每道菜名稱別出心裁，許多菜餚背後更意涵著一段故事，而眼前香氣四溢的美饌，挑逗著嗅覺、牽引著味蕾，引得人不禁食指大動。酥炸糖醋魚柳，彷彿澄橘的菊花綻放於白淨的盤中；圓夢燒餅，訴說著慈禧太后的夢境；如金磚般的豌豆黃，有著如細沙般的細緻口感，在口中悄悄的散發出微微清香而不甜膩。桌上的菜餚不論鹹的、甜的，都巧妙的交織出融洽而豐富的色、香、味。

這一餐，在飾有祥龍彩鳳、華美宮燈的環境下，配上銘黃布巾鋪襯的桌椅，用的是印有萬壽無疆字樣的餐具，身旁更隨侍著清裝宮女，所有的金碧輝煌，讓人彷彿參與了一場奢華的宮廷盛宴，一場只為我們舉行的宴會。

瘋狂綻放的火樹銀花

過年施放鞭炮是中國傳統，為了嚇走年獸，祈求一整年平安。而今，許多人施放鞭炮與煙火似乎是為了增添年節熱鬧的氣氛。

仿膳過後，決定散步走回飯店，除夕夜裡，當時間逐漸往深夜推進，街道上不同於往常那樣寧靜冷清，處處都有人們在放煙火和鞭炮，遠處的煙火燦爛絢麗，為漆黑的夜空增添了色彩，十分賞心悅目；但近距離燃放的炮竹可令人膽顫心驚，甚至有的如炸彈爆炸般的嚇人，大馬路上有公安守著還好，但胡同裡就彷彿像是戰場一般，處處炸得煙硝瀰漫，讓人不敢接近，更別說是穿越胡同小巷了。

越接近午夜十二點，煙火的施放便更加頻繁且活躍。從下榻居住的六樓放眼望去，在午夜十二點的剎那，整座北京城彷彿有數不清的火山同時爆發似的，眼見所及，處處都綻放出絢爛精采而奪人眼目的各種火花，或是圓形或是扇形，或像光燦星辰或像艷麗花朵，時高時低，時金時紅時綠，染得天際五彩繽紛，整座城市彷彿陷入了瘋狂般，激烈的燃燒著、奔放著，挾持了我們的心臟，也給予了視覺上極為強烈的震撼。

黑夜褪去了掩藏，被煙火裝扮得光燦耀眼，在天際漫天狂舞綻放的花火，以華麗絕倫的姿態向人類昭示著新年的到來，此起彼落的煙火爆炸聲打破沉靜，讓整個除夕增添了熱鬧非凡的氛圍。街道上的人們臉上也充滿了興奮與喜悅，如此瘋狂而令人驚嘆的除夕，這樣的情景台灣曾幾何時得以看見，連一〇一大樓煙火秀都為之失色。

凌晨零時，同時間大範圍綻放的火樹銀花，我用雙眼見證這夜的瘋狂與美麗，那畫面，既精彩又絢麗。

龍在凡間

李原芳

它像是一條蜿蜒的巨龍，綿延在廣闊的大陸上，從衛星上觀望，它像是歲月遺留在地球上的痕跡。它──萬里長城──訴說著人類的發展史、見證了歷代王朝的興起與衰弱。

從小到大，萬里長城對我來說像是一個可望而不可及的夢想，我是在故事中認識它的，從始皇帝修建萬里長城到孟姜女千里尋夫，哭毀長城，一個雄偉而又綿延萬里的堡壘形象已深入我心，不過此時它的形象是負面的，在小女孩的心中它是吞沒萬杞良的幫兇，拆散了孟姜女夫妻。而後年紀漸長，在歷史課的浸潤之下，開始了解萬里長城的存在對當時而言，是有其必要性的，雖然它是建築在人命與鮮血之上，但就某種程度而言，它還是保障了當時人民的生活，且證明了人類的智慧與堅毅，以當時的科技竟能造出令後世嘆為觀止的奇蹟，人類的潛力著實深不可測。

第一次到大陸觀光就已將萬里長城列為必去的景點，在當地導遊的安排下，一群人就浩浩蕩蕩的出發，從市區到郊外是一段不短的路程，車子顛的我昏昏欲睡，好不容易終於到了目的地，被友人喚下了車。

一下車，刺骨的北風襲上了我的臉，頓時清醒不少，朦朧中彷彿見到一條沉睡的巨龍伏在蓊鬱的山間。

聽過導遊的解說後，我們迫不及待的登上聞名已久的萬里長城，台階有點陡峭，一步步登級而上的我，彷彿是準備戍守的士兵般，懷抱雄心壯志，準備征服生命中的各項難關。登上平台，看到的是一片廣闊的江山，灰褐的龍身在青翠的山林中若隱若現，城牆上的旗幟在勁風中飄盪，一如數千年前，觀景如此，胸中塊壘登時全消，人生中的憂愁在此壯景之下似乎都不值一提。我深深的吸了幾口氣，人們對長城、對大地的情感都隨著冰冷的空氣進入了我的生命裡。

驀然回首，見到的是歷經千年風霜的斑駁城牆，內心突然被一種難以言喻的情感充滿，說不清是喜是悲，斑駁的城牆就像駐守塞外的英勇男兒，耗盡了生命力，只為守護壯麗的河山以及心中的人兒。剎那間，似乎領略了古詩詞中的意境，莫怪古人登高遠望，總能勾起心中無限情懷，繼而將滿腔情思紓發成不朽的詩篇。

長城就像是條穿越古今的巨龍，總能引領人們遙思那古老的傳說，觸發人們最豐富的情感。

天下無不散的筵席，我抓緊領口，試圖抵禦那刺骨的寒冷，有些不捨，回眸一望，在濛濛的風沙中，灰褐的龍身竟微微的搖擺著。

沉睡的巨龍——萬里長城

王昱婷

經歷多少朝代的更替，聽聞多少生命的吶喊，它只是靜靜的橫亙在中國北方，默默的從事守護邊疆要塞的重任。千年以來時光的流轉，你已不再是鮮血飛濺的斷魂處，而是著名的世界文化遺產。唯一不變的，是你那訴不盡的鮮紅殘酷與馳名的光輝……

在歷史書上初次見你，便驚異於你那傲人的丰采，多次在心中描繪著你的模樣。見識過你真面目的外婆講述著你是多麼的難以征服，我一笑置之；直到我親自前去尋訪，才體會到你真實樣貌的壯闊哪是圖鑑、照片所能比擬與呈現。萬里長城蟠踞在綿延無盡的山巔上，經過歷代的修築與擴建，成就了現今的全貌。從遠處望去，便可感受到它的氣勢；驅車近看，更是懾服於它的巨大，彷彿古代高大威猛的將軍親臨坐鎮，令人呼吸不由得緊窒。

長城與我想像中的樣貌並不相同，並不是平坦如橋面的模樣，在八達嶺長城這部分的主體構造，幾乎是由無數的階梯與堡壘台體延伸堆疊而成。走上其中一小段，輕輕撫摸著它原本粗糙豪邁的軀體，因千年歲月的刻畫而斑駁、磨損，每一層的石階，因為經歷了數不盡的生命走過，處處有著大小程度不一的凹陷踏痕，那凹陷因時光的流轉而被磨的發亮平滑，讓我每邁出一步、踏上一階，內心更是增添一分敬畏與感動，感嘆這世界奇觀是由多少人扛運著你的血與肉，一磚一石的堆砌建造，才創造出這撼動世界的鉅作！甚至連在外太空都能見識到你的形貌。

長城的雄偉挺拔令人難以招架，有文獻指出古代的先人平均身高較現代人高大，而我又屬身形嬌小一類，因此階梯與階梯間的落差對我而言著實吃不消，爬了一段不算長的距離便氣喘吁吁，即使是冬日，汗水亦稍稍浸溼了衣衫。再走了一段，便決定不勉強自己與你相搏，選了一處視野遼闊的地方俯瞰我們進入的居庸關全景。聽說居庸關林木鬱蔥，有如碧波翠浪般層層相疊，故有「居庸疊翠」的美譽，更為「燕京八景」之一。可惜我們到訪的季節是冬季，放眼望去多是枯樹野叢，沒了蓊鬱青翠，卻添了分蕭蕭蒼涼的壯闊感，但依然震撼人心。

立於高處眺望，萬里長城彷彿一條巨龍躍上群峰，蜿蜒起舞。遙想這土灰色的巨龍被迫飲了多少世的血與淚，看盡國家間的爭鬥、帝王的野心以及人民此起彼落的哀號；至今終於能夠享受恬靜的日子，它的意義不再是征戰殺戮，有的只是從世界各地慕名而來的遊客，來看看它、摸摸它、搔搔它的背脊，帶來的是歡笑、驚嘆與驕傲。就讓世人一同陪伴你，見證屬於你的榮耀吧！

步步成傷

李原芳

或許是前世的緣分吧！從小就非常喜歡中國文化，總覺得那五千年古老文明有一種神祕的特質深深的吸引著我，不論是含蓄動人的古詩文還是中華藝術的結晶，在我眼裡看來都有說不出的可愛，那一股華夏文化特有的儒雅氣質似乎已成為我生命中不可缺少的部份。

這樣的我對百年古都——北京自然有一種嚮往，因此記得初達北京時，內心的感動實在無法用言語形容。滿街的古色古香，我彷彿踩在古人的足跡上，心神具盪，剎那間我彷彿見到百年前的繁華，煙花般重現。

來到北京，自然不能錯過故宮，故宮就像北京的地標一樣，靜靜的矗立在那，見證著北京的興衰起落。

北京又名紫禁城，是明、清兩代的皇宮，為中國大陸現存最大、最完整的古建築，壯麗豪華的景觀，象徵著皇權的威望。許多明清時代的古裝劇常常來這取景，因此愛看古裝劇的我，自然將紫禁城列為必去的「朝聖」地點。

黃、紅、白相交的瑰麗建築、寬廣的面積與視野的確令人感受到皇族的特權與霸氣，我順著帝王的腳步，從太和殿、乾清宮到軍機處，瞻仰帝王與賢臣的風采，看著金碧輝煌的宮廷與孤零零的龍椅，內心突然有一種感嘆：人人都欲得之的龍椅，如今卻是不能坐也不需坐，它只能靜默的待在原處任人觀賞，之前為它爭的頭破血流的王孫貴族、江湖草莽，現今不知作何感想。

後宮——一個屬於女人的戰場，殘酷的程度絲毫不輸給男人，只不過她們爭的是君王的寵愛、爭的是男嗣、爭的是那下屆帝王的位置，於是一幕幕人類自相殘殺的畫面在宮裡、宮外同步上演。來到這裡的我，感受到的是深沉的悲哀，女子在這裡彷若附屬品般，很少為自己而活，只能無助的等待君王的寵幸，多少傾國紅顏在高牆裡蹉跎成了白髮的老嫗，多少純良的女子在高牆的染缸裡浸成了蛇蠍心腸，一道道紅牆隔絕了湛藍的天空，斷送了多少女子的青春。

我喜歡故宮，每次來這裡，就像進入時光隧道一樣，處在我所嚮往的世界，歡喜的看著那雕樑畫棟、山粢藻梲，遙想那一幕幕動人心魄的紅塵故事。這裡的一草一木、一磚一瓦，都載著不為人知的秘密，是悲、是喜、是離、是合，在外人眼裡神聖高貴，求之而不得入的天子寓所，其實也如同常人一般，上演著你我耳熟能詳的真實故事，這些建築、文物就像無聲的證人一般，目擊一齣又一齣的精采好戲，然後悄悄的吞在肚子裡，化作無聲的嘆息，我身處其間，彷彿還能聽見那無奈的低吟……

鳥巢V.S.水立方

王昱婷

二〇〇八年驚艷全球的建築——鳥巢與水立方，奧運結束後，多少人望眼欲穿的想來北京一探究竟，即使聽聞車程是多麼波折、戶外凍的嚇人，仍不減想親眼瞧瞧這兩幢建築物的期待。意外的，發現通往奧運會場的捷運已經通車，兩元人民幣轉兩趟車，一票到底直達奧運會場，令人在心中不禁大聲歡呼：「真是便利又值得！」

滿懷喜悅的步出捷運外，鳥巢和水立方兩棟造型獨特的建築便雙雙躍然於眼前，心中湧現的興奮與讚嘆掩蓋過不斷吹襲的寒風，手持相機又蹦又跳，開心的邊走邊照、邊照邊看。但是……沒多久滿腔喜悅仍抵不過低溫下冷風不斷地往臉上吹得疼，加上鳥巢附近甚是空曠，在沒什麼建物屏障可遮掩擋風的情況下，只能死命的拉著圍巾逆風前進。可風實在大，雙頰被凍的出兩抹自然緋紅。

鳥巢是由數量龐大的鋼條環繞編織成獨特的外型，雖然鋼條給人的感覺冷酷生硬，但當所有的鋼條交織環編成鳥巢的面貌時，卻是顯得如此的溫馨，入場的運動員、觀眾或遊客彷彿歸巢的鳥兒般重新回到溫暖的家園。

鳥巢運動場內部像碗狀，中間是比賽的運動場，運動場的四周則環繞著成千上萬的椅子，特別的是不論觀眾坐在哪個位子，其與運動場中心點間的距離幾乎相同，這可是設計者的巧思之一呢！平時鳥巢的屋頂開敞，四周盤根錯節的鋼條交接區都有開放的空間，北風吹襲下，冷風從空洞處直灌入場，完全擋不了強風，令場內的遊客們凍的直呼受不了。

水立方則以冰晶狀為設計構想，淡藍的色調營造出清爽閒適與俐落感，只看外觀便讓能使人心情為之平靜。大廳與紀念品區的設計延續外觀主調，依然以白色與藍色創造出輕鬆的氣氛，以簡約現代風中帶點活潑感覺，讓人們雖然身在嚴肅莊重的運動場中卻不感到壓迫。

水立方只開放一樓的水舞舞台及決賽的游泳場地，其他地區都是封閉的。和同伴一塊坐到觀眾席上去假想體驗著奧運比賽的熱血沸騰，看著嵌在牆上的大型液晶螢幕裡播放的奧運片段，加上現場播放的音樂，當場的氣氛讓人情緒不由得澎湃激盪，也真實的感受到為何蒞臨現場的觀眾與選手會當場激動得流下熱淚，因為……現場的感染力真的十分強烈啊！

雖然會場內部有許多的不完善，但只光鳥巢和水立方的外觀，在視覺上就夠震撼人心的了！遺憾的是我們是早上前去，沒能看到夜晚燈光變化下另一個風情的鳥巢與水立方！

離開時，走在鋪得寬廣平直的烏亮柏油路上，耳際一曲澎湃嘹亮的「北京歡迎您」，撼得我渾身背脊發麻，一股莫名的激動直逼心頭，眼眶霧氣迷濛，這是感動！一種難以言喻的情緒不斷湧現。

一句對不起

于千喬

出門在外，我有時會想起對不起自己的人和自己對不起的人。

這是個很特別的經驗，在國外連過兩年春節的我，總是不老實，因為自己天生外向的個性，總覺得年輕就該多出去走動走動，跑跑跳跳。除夕的晚上，北京放的煙火比台北一〇一大樓的燦爛許多，沒有秒數限制，從六樓望出，五彩繽紛的煙火鋪滿了寧靜的十二點，我們趴在冰涼涼的玻璃上，驚訝於夜晚的滿城飛絮，無法停歇。隔幾天，問了住在北京的三伯，說是這幾年政府開放大家燃放爆竹了，設幾個固定的販賣點，規定燃放時間與地點，還是可以享受老北京的過年氣氛。

〇九年，不知道是不是為了歡迎我們到訪，北京出奇的冷。十年都沒有這樣冷過，零下十度的低溫，讓我們這些亞熱帶的毛孩子吃盡苦頭。飛機一進入北京上空，就沒有停止搖晃過，甚至還因為風太強無法降落，在空中盤旋了好幾圈，機長跟大家抱歉短時間內無法降落，請旅客耐心等候。聽到那熟悉的口音，我知道這架飛機不是外國人駕駛，不禁心寒。好不容易落地，就想著要不要回家，幾個人第一次面臨嚴峻的考驗，下定決心要是三天內氣候都沒轉好，就另覓出路。

所幸，老天爺很給面子，我很快地換下了羽絨衣，除了再次證明我不畏寒冷的強健身體，也表示北京沒這麼冷了。大家也才能在旅館裡聽著爆竹聲中除舊歲，新年快樂。

這是一句多麼喜氣的話，代表著別人對自己的關心。新年快樂，表示在舊的一年他沒有忘記你，新的一年他也惦記著你，情感是持續的，不管你在哪裡，都想把這句話傳到你耳邊。有朋友說，我是個蠻不在乎的人。我很少主動約人，很少主動跟人聯絡，也很少主動拿起電話跟每個人說新年快樂。我都在等，等著別人約我，等著別人跟我聯絡，等著別人拿起電話跟我說聲新年快樂。

其實，我珍惜這句新年快樂，珍惜傳遞祝福給我的人，無論我是否在乎這個人。

Y，是我少數覺得對不起的人。因為某些事情，在不了解原因而又無法坦白的情況下，我選擇冷漠地緩緩離去。不是沒有沉重過，只是已經不再介意。很過分嗎？自私的為了自己。該跟我說對不起和我該說對不起的人，都未曾開口，時間不會讓一切沖淡，放不下的事，還是揪心。你不在乎的，我在乎；我不在乎的，別人在乎。只好，吞下用時空膠囊包起的一句對不起，每次放手，都必須服下。

對不起我的人，我似乎永遠很在乎。

經濟不景氣嗎?

王昱婷

當全世界的經濟發展到某一程度，開始停滯不前甚至呈現衰退的現象，物價翻飛、股市慘綠低迷，人人皆呼喊著經濟不景氣時，真的不景氣嗎？這是個莫大的問號！在旅行中我看到不同的情形。

闊別北京一年再度來訪，先是台幣兌人民幣的匯率拉大，連帶著在大陸的消費也因此相對提高，反映在吃與購物上猶為明顯。像是北京有名的木梳聯鎖店檀木匠，一把簡單樸素沒有任何裝飾與雕刻花紋的木梳，以往只需十元人民幣左右的價格即可入手，而今底價竟從三十八元人民幣開始起跳，看得我們心裡直泛疼，想買把留作此行的紀念卻下不了手，懊惱著前年怎不多買些，但大陸遊客對於這起價不斐的梳子仍是買的興致高昂，不論是儉樸的、雕紋的，抑或繪有多彩丹青的，幾乎是看對眼了就買，令人咋舌！

過年時節大陸人難得有段長假，只要一出門，便可看到四處竟是人山人海，各個店家門庭若市，各大古蹟建築、百貨商場皆人潮洶湧，整個北京城一隊接著一隊的導遊帶著人群緩步行走解說，仔細觀察便可發現，不論到那兒來來往往的旅遊隊伍幾乎九成以上皆是大陸人，尤以紫禁城令我大為震懾，人潮多得用萬頭鑽動來形容一點也不為過，密密麻麻的人群，黑壓壓的一片，與台灣跨年晚會現場一般，但大陸這景象卻出現在各旅遊景點與街道，人人手中戰利品滿載，令人嘆為觀止。尤其是餐館，不分平日或假日，間間人滿為患，別說小吃，連中高價位的餐廳也是門庭若市、擠滿人潮。

以雍和宮來說，大家在祭祀拜拜上花的錢可是揮金如土。他平常幾乎是個從來不會被旅行社列為景點的地方，離我們的下榻處不遠，但總是無緣，屢屢過門卻擦身，甚麼理由與情況都碰上了，這地方可說是大夥兒的遺憾。這回算準了時間，一一排除可能遇上的情況，抱著必定進去的決心，總算皇天不負苦心人，順利的買到了票，進入這個曾經是清朝皇帝雍正的住所——雍和宮。

雍和宮是過去雍正的御殿，後來改成藏傳佛教的喇嘛寺。雍和宮的整體建築承襲傳統，宏偉典雅、格局方正。後來改由宗教接手，大量的佛教珍貴文物妥切的在每一殿內呈現，使得莊嚴肅穆的氛圍更為濃厚。

其中最讓人印象深刻的便屬萬福閣內一尊高達二十六米的彌勒佛站像。此尊彌勒像是以整棵的白檀木雕刻而成，從下往上仰望，彌勒像頂天立地，英氣勃發，但卻不帶給人壓迫感，反而是散發著恬靜莊嚴的神聖氣息，令人嘆為觀止。

在過年期間，雍和宮成了廣大進香客的禮佛聖地，與雍和宮相接的所有胡同幾乎被擠得水洩不通，香客們砸下大筆鈔票，買了大量金紙與供品，只為了祈求未來一年的平安順利，他們的虔誠打敗了不景氣，原來，宗教的力量也可以創造出奇蹟。

說是不景氣嗎？北京城可是展現出截然不同的風貌呢！

我們都是饕餮

北京小吃

王昱婷

行走到國外，我們常常透過「食物」來了解該地的地方特色，在意外中發掘驚喜，總是令人雀躍。到著名的餐廳用餐，多半是慕名前往，餐點精緻，擺盤巧奪天工，滋味更不在話下；但享用當地的小吃卻別有一番滋味，雖然往往賣像看似簡單樸實，乘盤更是隨興任意，卻更真實的讓遊客體驗到那道地的飲食與口味。

偌大的北京城裡，只光小吃便呈現著多元而豐富的飲食特色。漢族小吃，有著當地的傳統風味，味道醇厚而扎實；宮廷小吃亦不乏見之，豌豆黃、驢打滾輕甜而小巧，當做點心剛剛好！最特殊的莫過於清真回疆小吃了，曾疑惑著為何北京城裡的清真小吃多不勝數，還列為必嚐美味之一，一問之下才知，原來從唐代時起，與回疆的交流便相當的活絡頻繁，許多回族人民更就在此生根發展，即便清朝滅亡，中國混亂、門戶大開，回民的後代早已融入北京這塊土地，有了深厚的感情，想走也捨不得！因此，北京的清真小吃道地程度足可媲美回疆，毫不遜色！

天色未暗，熱鬧繁華的王府井大街某處，原本寬敞平直的大馬路上，靠著路旁紛紛排列起紅色的棚架，一攤偎著一攤，光燦的燈火與棚架相互輝映，猶如一條渾身浴火通紅的長龍，煞是壯觀，這便是頂頂有名的東華門美食坊夜市。走在其間，琳瑯滿目的各式小吃有如美食展般於眼前鋪展開來，誘人的香氣不斷從各個攤位飄散而出，樣樣都是那麼的吸引人而難以抉擇，令人眼花撩亂，恨不得能遍嚐一回。

這夜市彷彿是中國民族的融合，聚集了漢、滿、蒙、回、藏等各族的美味，那些聽過、沒聽過，見過、沒見過的全羅列出來，即使是吃過的，當地的口味也挺令人驚豔。像是炒麵，用醬油翻炒得鹹的夠味，醬汁的味道特別而濃厚；奶油炸糕口感類似雙胞胎，其外皮香酥，一口咬下內部卻溫軟不扎口，十足的外酥內軟，炸得恰到好處又不油膩；羊肉串、牛肉串、烤肋排灑上回疆獨特的香料與孜然粉串烤，帶點微辣的刺激，豐富而迷樣的香氣在口中滿溢，令人十分滿足。除此之外，更有各式各樣奇特的昆蟲大餐，一隻隻烤得焦黃香酥，但對於昆蟲有恐懼的我，對此等餐點只會駐足探望，沒有勇氣嘗試。

熱鬧喧騰的夜市，熙來攘往的人潮猶如小型的社會縮影，達官顯要、平民布衣、販夫走卒、乞丐盜匪等等，各式各樣的人全在這條街上匯聚。穿梭在如織的人群中，耳際迴盪著五花八門的話語，如歡騰的音符般奏著一段段僅屬於自己的精采故事。這看似普通的夜市平民飲食文化裡，卻細膩的融合了千百年以來古人心血，至今仍傳承、搏動著一股充沛旺盛的生命力量。

旅行中與各式各樣色香味美的佳餚邂逅，猶如一場又一場驚奇的美食饗宴。我們用食物紀錄著旅行，回憶著旅行，細細的收藏著觸動味蕾的那份感動！

茶馬古道

于千喬

我對吃是很講究的。

所謂的講究，當然有自己一套說辭。不鹹、不辣、不辛的東西難以下嚥，對甜食沒有特別興趣，自是沒有要求。有次在學校餐廳裡點了義大利麵，打工的朋友在單子上附註寫：「這盤鹹兩點。」廚房的師傅以為自己眼花，衝出來問：「是鹹一點吧？」朋友鎮定的說：「鹹兩點。」師傅沒好氣地說：「這個人以後是想洗腎嗎？」看，連師傅都受不了的飲食方法，卻被我一直沿用至今，冒著洗腎的危險，也不要忤逆自己的味覺。

北京十剎海畔的茶馬古道，是一家高貴不貴的酒吧式餐廳，香蕉餅、蘋果餅、五更腸旺、炒芥藍、雞尾酒，熟悉與不熟悉的菜名，點綴了古道顏色。好菜好酒，會吸引人們流連忘返，一頓飯的時光，原來如此值得紀念。

茶馬古道，是自唐代以來逐步形成的古商道，溝通川、滇、藏邊三角地區，以藏族地區的馬匹、皮毛、麝香、鹿茸、藏紅花、貝母、蟲草等特產，四川、雲南的茶葉以及鄰近地區所產的糖、布、線、粉絲等生活日用品來做貿易的商業通道，主要依靠馬幫在山谷、驛道中長途跋涉來運輸貨品。通過這條民間貿易的商道，藏漢的物資交流自唐、宋以後持續了一千多年，維繫了漢藏兩地物資與文化的交流，並在上世紀中的抗戰時期達到巔峰，抗戰結束後迅速衰落，隨著多條進藏公路的修築而終結。歷史，總與民間生活密不可分，就算只有達官貴人才能青史留名，百姓用腳印埋藏的痕跡，才值得紀念。

現在，我們並不辛苦，坐在茶馬古道的餐廳裡想著絡繹不絕的商旅，他們多麼踏實。我喜歡的小菜羅列眼前，鵝黃色香蕉餅蘊散出淡淡香味，它的同胞蘋果餅有一樣的顏色，切碎後粒粒飽滿，卻口感綿密；腸旺的辣味驚人下飯，芥藍青翠也清脆。一口鹹一口甜，搭配得如此無缺，第一次甜食在我心中的地位等同於重鹹，簡單而又複雜的味道。啜飲手旁剛端上來，隨意挑選的雞尾酒，卻也不忘來一杯要價二十三元人民幣的上島咖啡，杯子迷你可愛，捨得花錢的味道，值得紀念。

我欣賞隔壁桌的老外，一個人點了一桌子菜，不在乎別人奇異的眼光，慢慢飲食，慢慢杯盤狼藉。或許他是美食專欄作家，或許他是隻饕餮，或許他長期駐留在京，或許，他只是個過客。值得紀念的或許。

曾經在茶馬古道熙來攘往的人啊，你是否看到，有這麼一家餐廳，用味覺，紀念你。

食客（一）

李原芳

美食是人人都喜愛的，尤其是對出國的人而言，出國是品嚐異地美食的好機會，同時還可從美味中了解當地的文化與習俗，美食就像一道國際橋樑一般，沒有語言的隔閡，卻能從味蕾中品出真味。

這幾次的出國經驗，品嚐到一些令我難忘的美味，有的是聞名中外的企業名食，造訪當地不可不吃者；有的卻是街頭巷尾的美食，它不有名，卻是大眾的飲食結晶。

涮羊肉

傳說中涮羊肉起源於元世祖南侵之時，它屬於北方的冬季美食，吃時先將羊肉切成薄片，然後放入沸鍋裡，燙個幾秒鐘，再取出配以佐料。因羊肉切的極薄且加上瞬間的高溫，所有的美味都被封於一肉片之中，一入口，羊肉的清香與鮮嫩充滿口腔，全無半分羊肉的臊氣。

提到涮羊肉，令我想起了「東來順」，只要在冬季造訪北京，必定和友人前往。某一次到北京遊玩，一下飛機，刺骨的冰涼令我想原機返回，不是不曉得北京冬天的威力，但是此次更勝於以往，寒冷的空氣因子穿過棉褲與大衣猛往人的肌膚裡鑽，扎得人遍體發涼，穿再多的衣物都不夠，越晚風越強，凜冽的寒風颳得人頭皮陣陣發麻，我們逆著風，趕到了東來順。

在桌子上，我們望著熱騰騰的沸鍋，終於感受到久違的暖意，待一片片鮮美的肉片下肚，身子由內到外都暖和起來了，圍著桌爐，邊吃邊聊，聊過去、聊現在，也聊未來，那時我感受到一種溫暖，不僅是生理的，更是心理的，為這和樂融融的氣氛。

或許，這就是人們喜歡在冬天吃火鍋、吃涮羊肉的原因吧！

北京烤鴨

到了北京，不能不去吃烤鴨。

講到北京烤鴨，大家想到的一定是「全聚德」。全聚德至今已有一百多年的歷史，從最早的小本買賣，到現在響譽海內外，這之間又是一段美食的傳奇。

第一次在全聚德吃烤鴨，是在逛完琉璃廠之後，當時走得又累又渴，便進了全聚德的總店。總店的外觀和台灣的飯店差不多，但內部則多了些許中國風，服務生也都著旗袍服務客人。她們的分工十分細，點菜、上菜、倒茶水，紛紛各司其職。

點完了菜，開始期待主角上桌。一會兒師傅推著烤鴨現身了，烤的褐亮亮的鴨子，帶著撲鼻的香氣。

師傅開始片鴨，像是藝術一樣，一把利刃在鴨子間穿梭，片出一片片薄肉：有酥脆油潤的鴨皮、皮油肉兼而有之者、還有一盤軟嫩的瘦肉，最後加上鴨頭與鴨尖便大功告成。剩餘的骨架可選擇帶回處理或由這兒的師傅幫忙熬湯。

白嫩的麵皮，加上酥脆的鴨皮、軟嫩的鴨肉、青翠的大蔥，裹好後，再沾上黑色的甜麵醬，從視覺上已是一大享受。一入口，鴨皮中的黃油隨即溢出，在口中轉了一圈，與鴨肉相會合，香氣直竄腦門，遂成絕世美味，加上大蔥與醬料的餘韻，幸福原來這麼簡單。

還記得當時疲憊的友人小胖，在看到滿桌的菜色時，眼睛發亮的神情，接著大快朵頤的模樣，被我和喬戲稱為「馬不停筷」，至今仍引為一笑。

食客（二）

李原芳

清真小吃

在北京街頭常常可見許多回族人的餐廳，和友人嘗試了幾家，最後發現了好味道，它是一家小鋪子，在小巷弄裡，老闆是道地的回族人。

第一次經過這家小店是被它的烤羊肉串所吸引，胖瘦相間的羊肉，在炭火上散發出誘人的氣息，加上特殊的香料，著實誘人。當下便買了兩串回去，羊肉佐以香料，激發出原始的美味，微鹹的口感，令人欲罷不能。

基於對羊肉串的熱愛，我們踏進了這家店，點了許多菜。對此店的評價是「相見恨晚」。

烤饃是一張圓形的大餅，長得有點像西方的披薩，用炭火烤後，再灑上回族的調味料，聞起來香氣撲鼻，嘗起來則是厚實而有嚼勁，口感十足。

青椒皮蛋，將皮蛋切片後，環繞於盤中，中間則灑以青椒絲，最後則淋上醬油、烏醋、辣油製成的調味料，青椒與皮蛋出乎意料的契合，還有微辣的醬料，此菜開胃。

炒麵片有點像我們的刀削麵，不過它的麵片較厚，以番茄炒之，吃起來酸酸甜甜的，扎實的口感中，可以感受到番茄的清新。

我們一共進出了這家店數次，每次都點了不一樣的樣式，每次都讓我們讚不絕口，也許是我們吃到美食的樣子太過幸福，翌年再去，老闆娘居然認得我們，還特地來寒暄一番呢。

糖葫蘆

糖葫蘆是一種令我愛恨交織的食物，愛的是外頭薄脆的糖衣、恨的是裡頭往往變味的水果，一直到在北京吃了糖葫蘆才令我改變這種觀感。

北京的糖葫蘆跟台灣不太一樣，或許是製作糖衣的步驟不同吧，台灣的糖葫蘆外側的糖衣是耀眼的紅，裡頭的水果在糖的包裝下，呈現出一種朦朧的風情；北京的糖葫蘆則不同，它的糖衣是透明的，整枝糖葫蘆看起來晶瑩剔透，令人愛不忍吃，而我們的糖葫蘆大多是以水果為主，大陸則不然，他們最愛的是山楂糖葫蘆，其他還有小番茄、草莓、山藥、橘子等。

在北京，剛開始我還是不敢嘗試，怕又踩到食物中的「地雷」，後來有人買了一串，我吃了一顆，感覺還好，友人卻在最後吐了出來，原來裡頭的水果是爛的。這下我對糖葫蘆是更敬謝不敏了。

後來在街上，我們瞧見了一個賣糖葫蘆的攤子，顧客絡繹不絕，嗜食甜食的友人不死心，上前又買了一串，我則陷入躊躇之中，看著裹上晶瑩糖稀的草莓，散發出雪亮的光澤，草莓似乎在向我招手，我——終於買了一串。

一入口，酸甜的草莓汁瞬間流了我一手，純粹的甜味在口中延展開來，我第一次感受到糖葫蘆的甜蜜。

幾次的旅遊經驗，我品嚐了許多美食，像是豌豆黃兒、狗不理包子、驢打滾兒、香港的燉奶等，有些是曾在書中所見卻無緣一嚐者；有些則是當地人才知道的好味道，從這些食物中，我瞧見了人對吃的重視與巧思，因地域、風俗的不同而演變出各種不同的飲食文化，每一道菜都是人類智慧的精髓、每一道菜都連接著你我的記憶。

那街上的難忘滋味

王昱婷

除了滿富盛名的經典餐館外，大街小巷中更有許多令人難忘的絕妙滋味，讓人在揮別異國後仍眷戀不已。

北京的街頭有著一種景象，以新鮮的水果裹上淡琥珀色的糖漿，用竹籤串成一串，在陽光的映照下，糖衣閃爍著耀眼燦燦而迷人的光澤，誘得人抗拒不了它的魅力，這就是冰糖葫蘆呀！冰糖葫蘆堪稱是中國最原始也最傳統的糖果了，它的構成元素雖然簡單——果子與糖，但創造出的口感與滋味，卻在悠久的歷史洪流中延續至今。雖稱之為冰糖葫蘆，關鍵的糖料卻是用綿白糖而非冰糖，而因糖葫蘆的製成以山楂果上包覆著一層晶瑩透亮的糖殼，彷彿是果子表面上結了一層冰霜，因而得名。

傳統內餡以山楂果為主，雖然現在街頭各式各樣、五花八門的蔬菜水果都能當作基底，但在北京卻會發現當地人幾乎都只吃山楂口味，小販所賣的糖葫蘆種類山楂也佔多數，其餘才是番茄、草莓、柑橘、山藥等等的新口味。每次看到路人大口大口的咬著李子糖葫蘆，一臉吃的津津有味的表情，曾讓我們好奇的買來嚐嚐，但嚐過後只能說李子口味真讓人敬謝不敏，因為入口的李子苦中帶澀，還有水果壞腐的味道，即使和著糖衣一起吃，口中仍漫著一股腐味，試了幾次，那恐怖的味道依然令人退避。

但除卻李子，不論是番茄或草莓，大陸用來製作的糖葫蘆的水果都十分的新鮮且甜美，由內而外透著自然而誘人的鮮紅欲滴；反觀台灣，為求紅潤的光澤，總是在糖料裡加入人工香料與色素，口感大大的被破壞殆盡。有了新鮮的水果當基底，搭上甜度適中的糖衣，一口咬下，入口香甜清脆不黏牙，蕃茄或草莓的鮮美的果肉在口中蔓延，糖衣不但不會搶走水果的本身的甜味，更有加分的效果，那種令人驚豔的美味綿延在口中，令人久久難以忘懷，價格更是便宜的令人驚訝！因此，飯後來串糖葫蘆也幾乎成了我在北京的習慣。

冰糖葫蘆雖然價格低廉而普遍，但卻能象徵著傳統樸實而富含生命力的市井生活，它的存在已深深的嵌入了我的腦海中，成為對北京城不可或缺的回憶。

而李師傅牛肉麵店是我們常駐足的地方，他不算是小吃，但與北京相依的存在感卻是那麼的和諧，只要哪餐沒打算，大夥兒便默契十足的直指到李師傅報到。既為牛肉麵店，店裡自以賣牛肉麵為主，形式頗似台灣的三商巧福。

李師傅的麵條口感香Q有嚼勁，最大的特色在於鹹而夠味，麵條彷彿用鹽水醃過一般似的，單吃不配湯汁佐料亦可，但對於習慣清淡飲食的人來說，口味可能會過於重鹹。店內人氣餐點自然以牛肉麵為第一，香醇的清湯牛肉麵肉質爽口細膩，沒有牛肉的腥味，咀嚼後口感嫩

Q不老，處理的十分得宜，再搭配濃郁香甜的湯頭，麵條與湯譜出的絕佳滋味，幾回下來，味蕾深深為之著迷，令人回味無窮！

不只在北京，連天津亦設有分店。店面雖不廣亦不氣派，無高朋滿座、排隊等候之盛況，但店裡客人總是三三兩兩、絡繹不絕，人氣有如細水長流般不間斷，常可見到一家人老小，抑或三五好友、上班族來店裡用餐，李師傅店在北京人的生活中佔有一席地位可見一斑。

在旅行中，悄然的找尋到的美味令人有若如獲至寶，就是有了這些物美價廉的美食作為點綴，旅行更顯得精采而豐富呀！

星巴克

于千喬

Starbucks的流行已經侵入各個城市，這是無庸置疑的，不管我們走到哪裡，總有辦法找出一家分店的身影，不離不棄。

有朋友跟我說，他不喜歡這種連鎖美式咖啡，氾濫成災，口味一致，不是美感。他喜歡的是一家簡單裝潢的小店裡，有個親切的主人，用他特有的製作咖啡方法，一杯一杯，用細膩的感情為每位上門的客人調配。我說，那各有風味，兩種都有能力掌握城市的脈動，端看是什麼城市。京都的咖啡館，大概都是後者，很給人單純沒有喧鬧的感覺，下過雨後的街道，旁邊一家家古樸禪意的咖啡館，是京都人的匠心獨運。

我喜歡在各個城市尋找咖啡館，或許不是尋找，是不經意地遇到，逗留在咖啡館的一整個下午，以為洗淨了所有疲憊。Starbucks算是個很特別的機構，就算它遍佈五湖四海，就算它口徑一致的左右每個人的味蕾，在異鄉若與它巧遇，我還是開心。可能是那熟悉到不行的咖啡香，讓我有世界已然大同的錯覺。

朋友K在仁愛路上的starbucks工作，那裡是幾個好友的集散地，一有交易的需要，各自會到那買賣。買賣的項目大可分為實質與精神方面兩種，實質的是大家的生日禮物，不然就是Ｋ團購的戰利品。精神方面是我們各自的牢騷，說不完也道不盡，常常可以聽到耳熟的聲音此起彼落在罵人，很過癮。或許starbucks應該感謝他所有員工，員工有朋友，Ｋ是我們的朋友。沒有Ｋ，我們又怎麼會從五湖四海聚集過來，像定期市集的攤販一樣，只是我們得要心甘情願地付點錢喝杯咖啡。

第一次喝starbucks，是在高二的時候，好幾年了，Ｃ把咖啡送到我眼前的身影依舊清晰。如果你有機會看到這篇文章，別懷疑這個Ｃ就是你，你的影響力無遠弗屆。因為一句：「女生適合喝Latte。」輕易地決定我的味蕾走向。

最近，得知你的近況，朋友要給我你的電話，還沒念幾個號碼，我就流暢地背了出來。朋友訝異地說：「你怎麼知道？」我聳肩，因為你沒換電話。朋友要約吃飯，我婉拒了，有機會會再遇到。台北並不大，我知道你不會離開台北，我也不會離開，就像我們可能離不開starbucks一樣。

我與酒與茶

王昱婷

老舍茶館

說到茶的文化，中國可稱得上是歷史悠久。來到北京，餐餐幾乎都有茶為陪襯，茶既清爽又解膩，在中國人的生活中可扮演著重要的角色。

老舍茶館在京城裡頗有盛名，無論說書唱戲、雜耍特技，各類傳統表演可說是應有盡有，其中還有著一系列的展覽，有的以陶捏人偶呈現出古代喝茶、聽先生說書的各種情景，有的則以筆墨書畫來詮釋茶的哲學，無論何者都靈活靈現的將喝茶與茶所扮演的角色作了極佳的展現。

邊看表演邊喝茶是一種享受，但在寧靜的環境中細細品茶無疑亦是另一種體驗。靜謐的包廂區宛如小型凝縮的古代街坊，古色古香的木制建築十分典雅，彷彿穿越時空來到了古代，其中不同的廂房各有其特色，我們所處這間燈光較為明亮，室內的擺設亦古樸簡單；鄰接著我們隔壁的那間廂房燈光就顯得比較暈黃昏暗，擺設的是紗帳與傳統宮燈，營造出浪漫的氣氛。

服務員們身穿粉紅典雅的旗袍上衣，下身搭著飄逸的黑色長裙，一雙纖纖素手，舞得優雅而靈巧，沒一會兒便滿室茶香撲鼻，令人不禁悄然沉醉了。

一個下午，任由清新的茶香四處飄逸，再搭配上精緻小巧的茶點，同伴間愉快的談天說地，時間彷彿停止流轉般的閒適。此時，這個空間所醞釀出的氛圍只單純為我們而存在，原來喝茶能有這般舒服、放鬆的享受。

十剎海

茶酒本是一家，茶有茶經，酒有酒德頌，陸羽跟劉伶各自為中國的兩大飲品寫下經典。在北京城裡有茶，自然也有酒。酒，我是不愛喝的，曾經有喝了不多卻起酒疹的慘痛情況，從Ice到藍色夏威夷，無一倖免，常懷疑自己是否酒犯沖。但是，到了北京，我無法置身事外，身旁一群酒鬼，造訪十剎海成了指標。

十剎海白天夜晚兩種風情，韻味不同，白天的十剎海則是古色古香，雅致迷人；夜晚的十剎海五光十色，風情萬種，但不論白天或夜晚，十剎海總脫離不開酒之名。白天，飲酒是輕鬆愉悅的，沒有壓力，看著窗外的漫天白雲，湖畔的垂柳搖曳，一派古典祥和；晚上喝酒，多了幾分霓虹顏色閃爍，酒吧的駐唱歌手嘶聲力竭狂吼，彷彿想要唱盡一夜。

雖不愛喝酒，總淺嘗即止，但來到繁華熱鬧的十剎海，怎能不飲一杯！？點杯酒精較少的血腥瑪麗，鮮紅的酒色呼應著黑夜中熱鬧瘋狂的十剎海，入口酸酸甜甜的滋味，不會讓我醉，卻讓我參與了一場屬於夜晚的狂歡盛事。

我與酒與茶，譜出一段不一樣的北京生活。

教授餐廳

于千喬

說也有趣，對上海的印象只停留在黃埔江畔的高級餐廳與復旦大學的教授餐廳兩個地方。民以食為天，這句話倒一點不假，對一次旅遊的眷戀取決於口腹之欲的滿足與否。我常常想，如果少了這些美味佳餚，旅行是不是就失去它該有的「態度」，旅行是不是就此無趣，相機裡的照片是不是就此單調無味了呢？答案是肯定的。

○九年四月，我第一次到上海，上海很先進，國際機場、高速鐵路、滿街的計程車、密密麻麻的地鐵網、大的可以的陸橋，加上熙來攘往，來自五湖四海的人們，匯聚在此，如同百川納於大海之中，使得這個城市氣勢如虹，毫不含糊。造訪復旦大學，還得感謝一位馬來西亞的朋友，她大學時的指導教授在復旦任教，我們既然已經在上海停留，沒理由不去拜訪一下，當個不速之客，所以就厚著臉皮前去東拉西扯一番。當然，老師歡迎之至，因為他是到馬來西亞短期交換的教授，只任教了一年就必須回上海，學生能遠渡重洋看看他，心裡多是期待高興的。本來以為我可以落得清閒，由朋友出馬和老師social就大功告成，但老師偏偏是研究現代文學的，對台灣的部份很有興趣，我只得心虛不已的跟他談起台灣文壇這幾年的狀況，才疏學淺，差點要了我老命。

不過，辛苦總是有代價的，晚餐是復旦有名的教授餐廳。我們越過樓下的學生食堂，搭電梯上了二樓。沒有富麗堂皇的裝飾，人煙稀少，佔地卻頗大。開始對它並沒有任何期待，想說不就是給大學教授吃東西宴客的地方嗎？應該都是一個樣吧！菜單上的料理靜靜地躺在那裡，文字似乎無法帶給我更大衝擊，讓老師點菜變成必須，因為尊師重道與毫不熟悉。老師點了酸辣魚、糖炒菇、辣豆干等菜，菜名其實是被我醜化了，只記得一口一口往嘴裡送的滋味。大概再也不會有做得那麼好吃的教授餐廳了吧！酸辣魚的透辣濃稠，嗆得我猛烈咳嗽，讓本已感冒的我招架不住卻又不肯放棄；糖炒菇鮮紅帶有嚼勁，配上甘甜的白飯簡直地道不行；朋友不喜歡的辣椒子炒黑豆干，有種難以言喻的鍋巴味，散發著北方的豪氣……。我照單全收，吃吃喝喝，來不及注意形象，只想著下次造訪的時間，只為了復旦大學的教授餐廳。

回程途中，跟朋友聊起今天的收穫，沒有其他，好像只去了教授餐廳。在台灣一個因緣巧合之下，認識了即將遠赴上海讀書的女孩，她擔心自己適應不良，早已多做打聽。我推薦給她教授餐廳，她說網路上早已廣為流傳，我很高興她知道這個訊息，為我提前再次品嚐。

貪財為饕，貪食為餮，我是一隻不滿足的饕餮。

恣意步行

流金歲月（一）

李原芳

「青春無敵」這四字真的挺有道理的，人在青年時有衝勁、勇氣與大哭、大笑的能力，遭遇任何事情總能率真的表達內心的情感，讓真實的心意去面對一切。青春似乎就等於學生時期，做學生時雖然課業壓力繁重，但也沒有其他的煩惱，尤其是大學，幾乎已沒有升學的壓力，天大的事也不過是談論哪幾科被當而已，所以大學可以說是一個人年輕時最璀璨的一頁。

我很慶幸唸大學時能交到志同道合的朋友，互相在對方的青春歲月中留下一筆，遺憾的是四年很快就過了。不過，作為暫時句點的畢業旅行則是令我永生難忘，我們去的地點是北海道——友人戲稱豪華版的畢業旅行。

泡湯記

提到日本，除了想到美味的生魚片之外，便是熱氣蒸騰的泡湯了，出發前，大家開始緊張了，紛紛計算「大姨媽」來訪的日子，就怕錯過這難得的體驗。

導遊說了，北海道並不是每個地方都有溫泉，所以要好好把握泡湯的機會。

我們下榻的第一個地點叫做洞爺湖，顧名思義附近有一個美麗的湖泊就叫做洞爺湖，飯店就在湖畔，從飯店就可以看到這清澈的湖，波光粼粼，湖面像灑上金粉似的閃爍著令人炫目的光芒。

我們換上了日本傳統的浴衣便開始出來遛達，留連在美麗的湖畔，此時是九月天，北海道因位居較高的緯度，因此是微涼的秋天，我們就乘著微風在異國湖畔留下一道道青春的身影及歡樂的笑鬧聲。

用過餐後便是令人期待已久的泡湯了，一行人浩浩蕩蕩的前往泡湯地點，在進入現場的剎那，我們瞬間石化了，因為在日本泡湯是要「全裸」的，這對一向保守的我們而言，是一項沉重的打擊呀，要在別人面前赤身裸體，尤其是朝夕相對的同學，這更是難上加難呀，最後終於有一名「敢死隊」先行發言：「都來到這了……總不能放棄吧！不過大家可以不要戴眼鏡嗎？」我們達成了和平協議，決定摘掉眼鏡後便一舉進攻。

沖完澡後，我們便一一嘗試室內與室外的溫泉：在室外泡溫泉，可以享受優美的景緻及微涼的晚風，在萬家燈火中享受溫暖的浸浴，不啻是一種享受，還是一種難以言喻的幸福；在室內泡溫泉，那花樣就多了，各式各樣的浴池註明了各種不同的功能，可以在溫暖中享受按摩般的舒坦。

剛要進入溫泉裡，對人而言是一種考驗，溫泉有點燙，得讓身子慢慢地習慣這樣的溫度，最後才將整個身體盡付於水裡，天然的溫泉水有一股自然的氣味，水的觸感也跟平常的水不太一樣，但就是這樣的水令人愛不釋手，在水裡便會自然而然的放鬆，彷彿連五臟六腑也受到浸潤一般，這是一種由內而外的感覺，整個人都輕鬆了，似乎心理、生理的束縛都隨著泉水而去。

流金歲月（一）

李原芳

食蟹記

北海道是個盛產海鮮的地方，所以在這段旅途中我們吃了不少鮮美的海鮮料理，至今仍令我們回味無窮的當屬三大螃蟹吃到飽。

與螃蟹的邂逅是在我們旅途的末期，這裡不愧是著名的海產地，當螃蟹上桌之時，我們都愣住了，螃蟹一隻隻都比成人的手掌還大，勻透的色澤散發出大自然的味道、粗壯的大螯引得我們垂涎三尺。

藉著餐廳的工具，我們開始跟一隻隻大螃蟹作戰：雪白的蟹肉散發著晶瑩的色澤、蟹螯中的鮮美金液、飽滿肥美的蟹腳肉好吃到我們都快把舌頭給吞了，此外，餐廳還提供各式各樣的飲料，我們不約而同的選擇了日本著名的清酒，為的是想體驗古人「蟹螯即金液，糟丘是蓬萊。且須飲美酒，乘月醉高台。」的情懷。

螃蟹、美酒、佳人，在異地交織成一片動人的樂章，經由美食，我們在彼此的生命中劃上一個短暫的句點，讓鮮美與香氣在我們心中沉積成一種片段——美好的回憶。

慶生記

在旅行的途中，恰遇一位同學的生辰，這位同學來頭可大了，可以說是這次畢業旅行的總企劃，沒有她就沒有這次的精采的行程，她就是我們班最具號召力的喬。

喬是個大氣、樂觀、開朗，擁有無比的自信與勇氣的人，就像在天上翱翔的老鷹一樣，永遠給人一種萬能的感覺，實際上也是如此，只要待在她身邊似乎生活中的陰霾都不值得一提。

這次旅行剛好碰上她的生辰，平常受她「照顧」的我們，決定要幫喬慶祝生日，給她一個驚喜，於是我們便開始分工啦，四處尋找生日的另一個主角「蛋糕」，因為人生地不熟，我們就像無頭蒼蠅似的四處瞎撞，最後就在飯店的糕餅店裡找到我們想要的蛋糕了。由於蛋糕需要冷藏，所以我們決定晚上「驚喜」開始時，再派身手矯健者將蛋糕安全、隱密的送達目的地。

我和小胖接受了這個重大的任務，兩人接力似的端著蛋糕在飯店走廊上躲藏著，除了必須耳聰目明之外，手中的蛋糕還必須保持優雅的水平線。

慶生會順利的召開了，在黑暗之中陡然出現的蛋糕，果然帶給壽星不一樣的感受。那一晚，沒有特別瘋狂，但是特別溫暖，在微微的燭火中，我們看到了彼此的笑容，在開心的氛圍裡，我們寫下對未來的期許。

畢業旅行在每個人的生命裡擁有不可磨滅的地位，它象徵一個階段的結束與另一個開始。這次的旅行是我們大學生涯的結束，但我相信會是友情的另一段開始。

北海道．秋

于千喬

畢業旅行那年秋天，我們到了北海道。

或許該說是生逢時節，九月五日生日的時間剛好趕上旅遊淡季，過了七八月，機票便宜了，住宿人潮少了，感覺旅行的腳步也慢下來了。

雖然薰衣草已經失去了屬於她的時代的光澤，紫色不再鋪滿遍地，但我們還是雀躍。雀躍的是我們還可以看到一點痕跡，只剩下根部，最原始的初生。事物的生命就是如此，花開花落，即使曇花一現，也曾經綻放過美好。手裡拿著贈送的薰衣草抱枕，淡淡的香味撲鼻，朋友說薰衣草有安眠舒緩神經的功效，泡澡或喝薰衣草茶都是不錯的選擇。我苦笑了一下，喝過幾次薰衣草茶，總覺得很不習慣，不知道是不是代表這輩子都得處在緊繃的狀態，搖搖頭，打開薰衣草冰淇淋，一股腦兒吃完，發現自己也是有可以接受它的時候。

秋天的北海道，是最為人所稱頌的。除了涼爽的天氣，有名的三大蟹更是地地道道挑逗了老饕的味蕾。我向來對於螃蟹、蝦子等等需要剝皮拆骨的生物是敬謝不敏的，原因很奇怪，因為我很懶惰。懶得剪剪切切，動作又慢，球隊出身的我只有在這時候動作是完全不俐落的，所以面對帝王蟹、花蟹、毛蟹三大蟹種的挑戰，根本是無能為力啊！但是去北海道，能不吃蟹嗎？晚餐只有螃蟹跟酒，看到大夥兒忙進忙出，磨刀霍霍，只能硬著頭皮拿把剪刀使勁地讓肉卸甲歸肚，旁邊的朋友實在看不下去，大喊：「我幫你！」然後不費吹灰之力解決半隻帝王蟹，我的碗裡只有蟹肉沒有殼了，真是說不出的感激涕零，又一次，我靠著楚楚可憐的笨手笨腳獲得了只負責吃的權利。想到在台灣吃蝦的時候，總有人會幫我把蝦剝好，雖然會被碎碎念說很嬌慣，但熱騰騰的蝦肉送進口中時，心裡無限溫暖。

秋天的北海道，是我第一次在日本過生日。朋友們躲躲藏藏商量了一天，很怕我冷不防地出現在身邊，破壞計劃。洞爺湖晚上放的絢爛煙火，坐在房間裡看著載滿煙火的遊船滑行而過，完全不知道大半夜還會有個蛋糕等著我。同樣的天空，不同的地方，不同品牌的煙火，有不同的體會，因為人在他鄉，沒有牽掛，可以放下手邊的一切，只為了旅行的那個地方好好過幾天你想過的生活。什麼都不太重要，只想放空。

接近十二點，穿著睡衣的朋友們捧著蛋糕衝進房裡，據說這個蛋糕得來不易，從購買的那刻起就一波三折，終於等到可以唱生日快樂歌的時候，蛋糕塞進肚裡，感動放在心底。

秋天的北海道，我長了一歲。

初秋的北海道

王昱婷

九月的北海道，已經不是薰衣草的季節，雖然沒能看到盛開的萬叢嫩紫，卻也見識了開的漫山遍野、生意盎然的奼紫嫣紅。看那農場原野裡，花卉的品種多的數不清、識不盡，朵朵都開得嬌嫩欲滴、色彩絢麗；放眼望去，在豔陽下綻放的花朵更是處處交織出一幅幅如詩如畫的美景，令人目不暇給，更忍不住猛按相機的快門。緩緩漫步於花海之間，優雅輕舞的蝴蝶與忙碌的蜜蜂彷彿為我們領路般的旋繞在身旁，迎面徐徐吹拂的微風中透著溫和迷人的芬芳馨香，涼爽宜人的氣候洗去了遊客滿身的疲憊與塵囂。秋天的北海道呀！綻放著多麼奔放、充滿活力的氣息。

北海道位在日本的最北端，初秋的北海道少去了夏季的溽熱，輕拂的秋風中已帶點淡淡的涼意，非常適宜戶外的旅遊。來到了市區，熱鬧而繁忙的景象令人心底油然生起一股熟悉而親切的感覺，與陌生國度間的距離一下子便拉近了許多。走在鬧區街頭，不同於本島東京較為紊亂的市容，北海道整體街景錯落有致，設計安排的妥適而不雜亂，每每間隔一段距離便規劃有公園或樹林步道可供人民休閒娛樂，享受都市叢林裡難得的大自然綠意。

反觀地理位置落於較為郊外的村鎮，少了城市車水馬龍的喧囂與商業匠氣，而是保留著純樸的鄉野風情，處處洋溢著濃厚的悠閒與和平。秋天的氣息朝向大地慵懶的吹拂，金黃飽滿的稻穗被撫得微彎著腰搖曳晃動，就像是歡迎遊客的到來而舞動著身體迎接；北海道的郊區，保留著較為完整沒被過度開發的景致，而該地的建築物受有歐風的影響，不乏看見設計簡單卻深深吸引眾人目光的西式房屋或社區，令人彷彿置身於歐美的鄉村。東洋與西方文化的互相交融、影響，最終呈現出來的氛圍卻是那麼恰到好處的舒服自然而不突兀，加上開得遍地燦爛花朵的襯托下，總總所有的元素交織出一片恬靜、與世無爭的世外桃源。

初秋的北海道哪！它散發著獨特而迷人的醉人風情，那形態各異的天然景觀總是帶給我們一次比一次更加強烈而洶湧的驚喜與激動；不論是山、是水，是人文抑或是自然，當他原始不變的內在遇上季節轉換，暈染上了屬於他當季的裝扮與色彩後，其所帶給人們的將會是一番全新不同的感受與體驗。而那當中的美妙與讚嘆，將在傳達給我們時化成心中滿滿的感動與回憶，讓人離開北海道的時刻，只有暖暖豐碩的滿足，與滿腔的眷戀不捨……

浴衣．裸湯初體驗

王昱婷

來到了嚮往已久的日本，此次的契機是與大學同學的畢業旅行。有別於和家人或單獨一人的旅行，顯得特別熱鬧有趣。說到日本，在他們的文化中，對一般人而言直接聯想的通常是「漂亮的浴衣」與「泡湯」。這次的旅行，每間飯店所附的浴衣都有其特色，甚至有的飯店在大廳上還有提供色彩繽紛、樣式繁多的浴衣可供遊客選取。不免俗的，一行人都躍躍欲試的穿起了浴衣，準備出門逛逛去。但大家都無經驗，搞不清楚應該怎麼穿才正確，一陣手忙腳亂，有人研究出穿法後，才紛紛整理身上的衣裝出門去。

身穿浴衣，才知曉日本女性為何走路都是那麼的溫文婉靜、嫻淑優雅了。因為浴衣是一件式，兩衿交叉至腰身後，再由一條腰帶束縛固定，因此衣服下擺像窄裙一般不會隨行走而飄動，但卻限制了腳步邁出的距離，因此只能以小碎步慢緩步徐行。若是跨出的步伐太大，一來很可能讓自己身形步伐不穩的搖晃，二來原本穿著整齊合身的浴衣也會開始鬆垮變形，使得春光乍現呢！因此穿浴衣走路還真是難為了平常已經習慣率性跨步走路的我呀！更是不得不佩服日本女性們。

來到日本，更不能不嘗試體驗的便屬泡湯了！話說日本的溫泉名聞遐邇，有道是：「沒泡溫泉等於沒到過日本。」而日本的溫泉泉質種類甚多，堪稱世界之最，不同地區各有各的特色與迷人的地方。此次來到登別與洞爺湖溫泉勝地，不試一試總覺得會留下遺憾，但最最令我們掙扎與彆扭的，莫過於日本的泡湯文化是要全裸入池。從小到大再怎麼清涼也尚有泳衣遮掩，如今卻要我們彼此輕解羅衫、袒裎相見，這是多麼令人害羞的事。

出發前大家還嬉鬧說為了不吃虧，要帶隱形眼鏡入浴，當然這是危險的事，說說笑笑就罷。但真的進入更衣室，看到一旁的日本媽媽或女孩子毫不猶豫的就解下衣服，我們內心仍然有著無限的掙扎。為了不要讓難得的旅遊留下一絲遺憾，牙一咬、眼鏡一摘，磨磨蹭蹭的仍舊脫下衣服。其實拿下了眼鏡，眼前的視線全是一片模模糊糊，加上滿室氤氳的霧氣瀰漫，什麼都看不清楚，連來來往往的人們也都成了模糊大略的型態。漸漸地，羞澀的感覺被放鬆的慵懶給取代，也開始不再時時介意身無寸著的模樣，慢慢的能夠放鬆著享受著泡湯的舒適與窗外迷人的湖畔風光與夜景。有了這次的經驗，往後遇到需要全裸泡湯的溫泉浴池，再也不是那麼令人害羞放不開了，反而別有一番無拘無束、讓自己與泉水融為一體的奇妙感受呢！

威尼斯人

李原芳

華麗之宮

「你想當公主嗎？」相信每個女生都有過這樣的夢，在城堡裡等待著心愛的王子。

還記得和四歲的雙胞胎姪女一同玩耍時，就發現了女孩們對公主的迷思，姐姐戴著公主的皇冠跟我說：「阿姨，剛剛大家一直看我，可能覺得我是公主吧！」、妹妹則是喜歡「騎騎馬的人」，公主就像一個夢，藏在每個女孩心裡最純真的地方。

我也不例外，小時候也曾夢想成為公主，但這樣的夢想已隨著時間逐漸淡去，直到我來到了威尼斯人。

第一次到澳門便在朋友的推薦下，在威尼斯人酒店下榻。還沒進到房間便被驚人的氣勢震懾住了，挑高的大廳、華麗的噴水池、精美的歐洲壁畫，這裡金碧輝煌就像國王的宮殿一樣，我頓時成了逛大觀園的劉姥姥，迷失在一片金光之中。

「喜」的經驗人人皆有之，但「驚喜」則是人生難得幾回，這種異想不到的喜悅給人的滿足似乎更上一層。我們入住客房時，一股驚喜便迎面而來。

房間十分寬敞，就像一層小公寓一樣，床是公主床，柔軟舒適，還有薄紗蕾絲裝飾，床前則是一台大電視，再往前走是一個豪華的客廳，氣派的沙發、復古的電話、古樸的辦公桌。往透明的窗外看去，附近景觀盡入眼簾，還可見到遠處飛機的起落，一種身心皆暢的感覺油然而生，驀然回首，不禁感嘆這間房根本就是現代化的公主房嘛！剎那間體內被封印的公主魂破印而出，感覺自己真的成了書中的主角，等待著「騎騎馬的人」。

馬可波羅廣場

人是世界上最複雜難懂的動物，因為我們的情緒、性格是多層次的，往往跟著環境而呈現出多種變化，像我就是一個例子，我的性格中依賴別人的層面蠻重的，生活中有些事情總需要別人的幫忙，但有時則又想一個人生活，希望能到異國走走，在別樣的風情中留下瀟灑的倩影，這次澳門之行就滿足了我的渴望。

房間的上層是一個大廣場，上頭有許多店家進駐，如果只有這樣，當然不稀奇，稀奇的是上頭的造景仿效著水都威尼斯，一條清澈的小河環繞著充滿異域風情的房子，房子長的不盡相同，各有各的特色，而河上有著威尼斯人，威尼斯人邊唱著歌邊替人擺渡，熱情的歌聲響徹整個廣場，突然，遠方傳來相應的歌聲，原來有人穿著歌劇的衣裳開窗應和著……

我一踏進廣場便沉醉在這異國風情裡，彷彿真的到了威尼斯一般，目不轉睛的看著週遭的一切，很難想像自己可以身在如此「童話」的地方，覺得這一趟真的是不虛此行，大大地開了眼界。驀然，一座銅製雕像突然動了起來，嚇了我一跳，仔細一看，原來是人裝扮的，他將全身塗滿了金粉，靜止不動，甚至眼睛連眨都不眨，待遊客接近，才出其不意的嚇他一跳，我雀躍的看著他、看著唱歌跳舞的小丑，傾聽著充滿魅力的歌聲，用心看著廣場上的一切，突然發覺這裡處處充滿了歡樂，似乎連時間之神都忘了造訪，我抬頭看了看天，才發現連天空都是人造的，難怪這裡不曾天黑，人們永遠處在光明之下。

古有云：「讀萬卷書不如行萬里路」我至今才體會到這句話的涵義，這趟澳門之行的確令我成長不少，讓我接觸到許多新鮮的事物，了解這個世界還有許多有趣的事情等著我去發掘，我——要用這雙眼看遍世界。

新宿御苑 V.S. 青山靈園

于千喬

這次趁著國際交流的機會，在櫻花盛開極至的時候，我們到了東京。

第一次去東京，是在小學三年級的時候，跟著姑姑參加計程車工會的活動，算是一趟沒有缺點的旅途，因為那時候台幣很厚，還住得起東京大飯店之類的高檔貨。對日本的印象就是乾淨、高科技，年紀小畢竟不會有太大感覺，迪士尼樂園幾乎就是旅行的全部。暌違多年，再次造訪，選擇住在新宿，街道好像沒有以前乾淨，路上都是穿著看似時髦的年輕人，可惜品味我不是很能恭維。柏青哥的聲音此起彼落，音樂放的震天價響，大概怎麼樣也沒想到，高貴的新宿御苑就藏身在這樣的都會叢林中，一個大角落裡，為城市綻放不同氣息的美麗。

新宿御苑，曾經是江戶時代信州高遠藩主的家，出自法國設計師的手筆，苑內櫻花品種多達七十幾種。裡面有個和台灣有關的景點，叫作「台灣閣」，是舊的御用涼亭，一九二七年為了慶祝曾經造訪過台灣的昭和天皇成婚，台灣地方士紳捐贈了一座閩南式水上亭榭，雖然經過幾次翻修，但還是保留了原味。新宿御苑面積有五十八萬平方公尺，有新宿門、大木戶門、千馬太谷門三個主要出入口。我們從新宿門進，七早八早，希望能錯開賞櫻的人潮。

日本人的賞櫻活動是國粹，一大張藍色帆布墊，先到場佔位的人或是立起XXX株式會社的牌子，或是躺在布上證明這塊地盤是我的。男男女女，老老少少，形形色色的人都有，感覺是為了賞櫻而賞櫻，完成四月份的使命。我們往御苑深處走去，櫻花不見少，踩在櫻花瓣上的觸感卻很不踏實，大概沒想到自己可以臨危授命到東京探訪吧！原以為我們的腳步大概到此為止，轉身反而看到一棵血紅色的櫻花，人家說紅紅火火，本應紅得像火，這棵櫻花卻用它的姿態，證明它血染般的豔麗，獨樹一幟。這需要多麼大的勇氣啊？為了存在。

這讓我想起，在去新宿御苑前兩天，我們也到表參道附近的青山靈園走了一趟，聽說青山靈園也是賞櫻的重鎮，一八七四年設立，日本最早的靈園。靈園內安葬有十萬人以上的靈位，包括很多著名政治家和其它名人，青山靈園因此而聞名。雖然靈園的身分比較特殊，但並不會因此給人們不可親近的距離。粉色的櫻花鋪天蓋地灑滿整個靈園，賞櫻的人們靜靜的，連小販炒麵的動作都很文雅，有點人氣，也有點靈氣。即使是另一個世界的人，他們也要共襄盛舉，也有權利與人間共度四月天，墓仔埔此時沒有一點可怕，這樣溫和的色彩讓往生者得到絕對的安息。

接近中午，要離開御苑了，滿口的追分團子，醬油、抹茶、紅豆，彷彿真能為將來追分。

旅行之於我

王昱婷

映入眼簾滿是陌生的新奇，一段段的邂逅在心中激盪出難以言喻的喜悅，拋開一切，回歸最初最單純的衝動與欲望，旅行就這麼開始了！

被旅行社規劃好的進度帶著，不用煩惱下一步該如何走，到哪兒都有車子接送，一站接著一站，行程豐富而緊湊，整團人如大軍壓境般的招搖，這是旅行；和三五好友結伴，一只行李與護照，說走就走。旅程也不一定有周全而細密的計畫，隨心所欲的自由自在是種幸福，前一天夜晚的臨時起意，讓旅程更添了份刺激與新鮮，永遠不知道下一刻會有什麼出乎意料之外的驚喜在等著你！猶如在禮物前等待拆封的孩子，努力發掘出隱匿在層層設計包裝下的秘密，那種心中的雀躍與期待，多麼令人興奮！這也是旅行！

兩種我都愛，但更偏愛那種無拘無束的自由，每段旅程中我就是自己的嚮導，要來段充滿知性的文物古蹟之旅，抑或悠閒的漫步於大街小巷，細細感受這座城市的脈動，一切選擇任由我安排。旅行不像人生選擇了便無法後悔，即使有再多的「早知道」，也只能硬著頭皮、咬著牙往前邁進；旅行沒有所謂的錯誤與懊悔，它總是充滿著希望與快樂，有的是令人期待的未來，即使有所曲折，那亦僅是一種名為「意外的體驗」，讓此行添些話題，成為特別深刻的記憶！

我愛旅行，並沒有「讀萬卷書，行萬里路」那樣冠冕堂皇的理由，有的只是純粹發自內心的「喜愛」，享受著旅行帶給我的快樂，沒有任何的壓力，讓我能夠用另一種方式去生活，用不同的角度來感受、體驗這個世界。一段段的旅行皆是全新的開始，沒有人認識我，我與一草一木、一人一景，皆是全新的邂逅，而我也不用在意他人的眼光，因為，我就是我！

有人認為旅行是奢侈，是浪費，但對事情的看法與態度每個人本就不盡相同，有人願意縮衣節食只為了出國旅行，成就一次開拓視野、飽覽異國風光的景緻；有的人卻願意放棄娛樂，僅為了一嚐珍饈美饌，滿足味覺、視覺及嗅覺上的享受；有的人可以放棄物質上的奢華，瘋狂買書閱讀，僅為了豐富心靈上對文字的渴望，哪一種是浪費，又哪一種是奢侈呢？這是個相對論，沒有絕對的錯與對！

每當接近回國的日子，內心也多少帶點騷動，大夥兒總是嚷嚷著要將機票延期，只求再多待些日子，但計劃早是定下，發發牢騷、耍耍任性是同伴間的笑語，是彼此心照不宣的默契，因為我們知道，回國並不代表著結束，而是為了醞釀下一次再度出發的契機！

想旅行嗎？走出去就對了！

台灣也好

于千喬

台灣也好，我不是個崇洋媚外的人。

會這麼喜歡出門旅行，享受不在家的時光，要追溯到家學淵源這部份。父母在我還沒出生時，就常常騎著摩托車到處玩，連媽媽挺著大肚子也不例外，我在肚子裡吸收到天地精華，蒙昧的時代裡，已經走過台灣的許多地方。三歲時，爸爸吃了熊心豹子膽，帶著我和媽媽去花蓮過大年，扛著一堆行李上北宜公路，二十多年的北宜公路和一匹野狼，兩個大人帶著乳臭未乾的小孩，好死不死在快到花蓮時出車禍，幾乎動員了花蓮所有認識的朋友在除夕夜團圓時間伸出援手。奶奶接到這個晴天霹靂的消息，極其鎮靜，當下只問：「小的呢？」花蓮的許叔說：「小的沒事，爸爸肋骨斷三根，媽媽有輕微腦震盪，快下來看看。」奶奶轉身支配家中剩下的幾個姑姑：「老大去那邊顧人，老二去把小的接回來。」當下包了七千塊計程車到花蓮把毫髮無傷的我帶回台北，父母就留在花蓮住院。一直到現在，這個車禍檔案還是奶奶痛批不已的一段往事。

長大了，我在因緣際會之下，投入原住民傳統文化的研究。除了跟指導教授上山下海，認識她的朋友，她認識的原住民；我也自己認識朋友，認識各族的原住民朋友。有開心，有失落，有從未忘記過我的，也有我害怕膽怯而不敢接近的，都是生命中的一種奇蹟。幾乎每個月必定出差的我，到了七、八月份，更是常往東部、南部跑，從不間斷。今年，八八風災之前，我和指導教授一行人到了雲豹之鄉——魯凱族霧台部落，去採訪他們的神話。蜿蜒而又流暢的山路，人工鑿出一條堅固的痕跡，仰視天際，與雲端相連的阿禮部落，有高不可攀的神聖性。我們落腳在夢想之家，杜氏夫婦熱情招待，山上的時間總是走得那樣輕鬆寫意，讓人有種錯覺回到了黃金時代。在霧台的晚上，真正體會到什麼是大珠小珠落玉盤，這個玉盤不是月亮，而是深邃無垠的宇宙，黑得發亮，好像可以反射所有事物。滿天星斗，無數的星星潑墨天空，灑出一片亮麗。輕薄微涼的霧氣，具體地鋪天蓋地而來，震懾的我差點無法呼吸。感嘆眼前的美景，指導教授問我，此時此刻會不會想打電話給某人訴說，我笑答：「會啊！只是不好意思。」如此動人的美麗，是電影怎麼樣也製造不出來的自然場景，或許任何歌頌也不能形容，無法訴說，只能留在心底。

南台灣遭劫那天，我們心急如焚。霧台、三地門、太麻里、土板、台板，都有我們剛踏過的足跡。指導教授聯絡了幾位長老、牧師，得知大家都還平安，鬆了口氣，運送的物資緩不濟急，仍有我們的心意。看到原本堅固的道路柔腸寸斷，眼淚總是不聽使喚落下，錯愕、無助、擔憂，面臨如此嚴峻的考驗，你們是否仍堅強，仍有力量？我始終相信，是的，明年，我會再看到，你們重生。

雲南十八怪

王昱婷

中國大陸幅員廣大，孕育著各地不同的文化與特色，其中最讓人佩服的莫過於他們能用俏皮生動的順口溜，帶出屬於雲南的風土民情。雲南素有十八怪之稱，怪怪奇特卻又不失貼切，但每個人講出的十八怪內容卻又有些微妙的差異，儘管如此，樣樣皆代表著雲南獨特的文化。在雲南的日子裡，我也體驗了其中的幾怪，讓我印象十分深刻。

「雲南十八怪，三隻蚊子炒盤菜」。話說雲南位於高山群壑之中，樹林草溝枝葉繁茂，養育出的蚊蟲個頭可非比尋常。初聽此怪時，讓我笑的直說難道是盛裝的盤子太小的緣故嗎？但於麗江親眼目睹此怪，硬生生把我嚇得花容失色、驚叫連連，一來我極度害怕六隻腳的昆蟲類；二來牠真的名不虛傳，巨大得嚇人，真是一絕！親身經歷就發生在某夜，與親友一同坐在下榻的別墅客廳裡聊天，無意間眼角餘光閃過，發覺潔白的牆上怎會隱約有一奇怪的黑色物體在上面。忍不住好奇，走近一看，頓時嚇得大叫並倉皇退後，原來牆上的黑影竟是一隻「比我的手掌還大的蚊子」。

我的手掌整體撐開也有十五公分寬，但那蚊子更甚一籌，其身軀纖纖，手細腳長，整體約近二十公分，簡直就像是隻極度纖細版的蜘蛛趴在牆上，唯一的差別僅在牠只有六隻腳哪！這使我不禁想重新定位、思考的這句順口溜，是否雲南的盤子比一般地方來的大些呀？否則以平常大小的盤子來裝這種巨蚊，恐怕只放一隻半還稍嫌盤子小了些哩！見識到這種身軀龐大的蚊子，更加相信遠古時代的昆蟲其身體比人類大這絕對有可能！

「雲南十八怪，四季衣服同穿戴」。初到昆明時，當地導遊便朗朗唸著這句俗諺，要我們薄的、厚的衣服都要準備好，平常穿短薄衣裳無妨，但一定要隨身攜帶著外套，早晚溫差大，甚至一天可以溫差可達十度之遽。果真，在雲南的幾天裡，體驗了一天將四季穿著全換遍的經驗。早上微涼，需搭薄外套；到了中午艷陽高照，有如夏季般暖得只穿短袖即可；傍晚溫度下降，像秋季般微風輕徐，但已帶著涼意；入夜後溫度明顯降低，若到外面走走，則要穿上厚些的外套才夠保暖。

進一步玩味「四季同穿戴」這句話，發覺其中更有奧妙，其一是，一天之內溫差變化有如四季移轉，一日便可穿完四季衣裳；另一則為一年之中卻又天天如此，一年四季幾乎可穿著同樣的衣裝。讓我有一日體驗四季，四季又如同日日之感。一日裡，涼熱寒暑、晴雨乾溼全輪過一回，這大自然的奇特真讓人分不清此時季節究竟是春夏抑或秋冬哩！

豆腐城市

于千喬

香港，是我見過最像豆腐的城市。

這次趁著轉機，終於踏上這塊大家心目中的購物天堂，一下機，拎著厚重的行李，我們先用坐上taxi的快速瀏覽法，希望大概閱讀這個街道名字很有特色的地方。從大嶼山上下來，香港機場出乎我意料之外的冷清，偌大的空間裡很有秩序，壁壘分明地將轉機和出境的旅客一一歸納，大概送走的人多，出境的大門顯得冷清。不知幸或不幸，碰上無聊的的士司機，一路上話講個不停，就想你喜歡香港，喜歡他的熱情。這裡是半島酒店，這裡是李嘉誠的地，這裡是海運港口，如數家珍。好不容易進到市區，熙來攘往人群穿梭大街小巷川流不息，很少看到一個城市每棟樓都這麼高，幾乎沒有矮房，地牛體貼香港地狹人稠，願意搬離牠的身體，讓香港無限向雲端探去。

我們拖著疲累的身軀挪進酒店，大廳滿滿的遊客頓時讓人有種心灰意冷的感覺，光check in的時間就夠瞧了吧！櫃檯用著不流利的中文拼命想送走一批又一批的旅客，終於輪到我們，拿了卡片進房，嘩地一聲拉開窗簾，當場，我啞口無言。

第一次，我看見像豆腐一樣整齊的住家層層疊落在我眼前，居高臨下，一塊一塊，似可切割而又緊密相連，豆腐周圍突起的邊邊隔開了彼此，家家戶戶都保有隱私權。你曬的衣服他曬的被，為灰白色的豆腐增添幾許顏色，市井小民的味。從機場下來，一路見到的豆腐不勝枚舉，深藍色豆腐、粉色豆腐、米白豆腐、純白豆腐、灰色豆腐……，亭亭而立，經過煎、煮、炸、燉、煲、滷不同手法做出來的成品各顯特色。有些高級的用透明玻璃窗保護，那是辦公大樓；有些簾子或掛或收垂吊在窗戶邊，那是觀光飯店；有些單純地接受風吹日曬雨淋，那是一般住家；我落腳地方對面是末者，或許不是精雕細工的料理，卻是可以品嚐出香港市民生活滋味的小吃。

踏進香港，這個寸土寸金之地，我努力逛街把握返台之前最後三天，他們努力工作希望有更好的生活享受，可惜，窮學生的我沒辦法刺激香港的經濟消費，這個任務終於與我無關。高高的雙層巴士在狹窄的街道彎來彎去，不禁佩服司機怎麼能拖著這樣重心不穩的豆腐來來去去，這是另一種烹調技術，賞心悅目卻也驚險萬分，我相信擔心是多餘的，豆腐的原味不會因為加料而完全變調，反而會以它的彈性新生，呈現不同姿態。每個城市有他自己的生活方式，住在城市裡的人，也會自我調節，搜尋最適合的步調，呼吸。

麗江古情

王昱婷

有座位於雲南西北部的小城，從機窗眺望，瞬間映入眼簾的是一座座被霜雪覆蓋的山峰與層層疊嶂的山脈，彷彿一條擁有著潔白柔順皮毛的玉龍盤踞山巔，依偎守護著那彷若桃花源般的祕境，這是麗江古城。

夏季的麗江沒了濕溽的燥熱，涼爽的薰風徐徐拂面，彷彿秋季般的舒適。漫步於古城中，像時空交錯跳躍般的來到古代，一派古色古香的景致如畫般在眼前鋪展開來，街道兩旁的建築全是古樸典雅的木造房屋，這裡沒有畫限隔閡的圍牆，沒有擁擠聳立的水泥高樓，更沒有奔馳穿梭的車流，有的是戶戶垂柳、小河流淌，以及悠閒恬靜的氣氛。

小城中的水，彷彿與路形影不離，偎著四通八達的街道，將整座城鎮輕柔的環抱著，橫跨的小橋，更串起了整座古城活動，在這座城鎮裡，人、水、橋緊密的連結在一起，誰也離不開誰。

沐浴在晨曦中的小城，和煦的朝陽灑了滿城暖暖的光輝，悠閒的走在被洗的潔淨光滑的青石板路上，清早的街頭十分寧靜，只有三三兩兩早起的居民享受著陽光的輕撫，而清澈的河水隨著地勢起起伏伏的交織出一首首活潑輕快的樂章。在這，你絕對捨不得加快自己的步調，生怕快了便將錯過了任何令人感動的一分一秒。

夜晚的麗江古城，又是另一番截然不同的情味。當夜幕低垂，溫婉的古城突然喧騰起來，小橋流水河畔與木屋前都懸掛上了大紅燈籠，將河水映得水光粼粼，餐館裡聚集了四方歸來的遊客，大夥兒開心的分享著白天遊玩的發現與喜悅。河畔露天的酒吧，有的三五成群，打鬧嘻笑、把酒言歡；也有人獨自啜飲著美酒，靜靜的享受著身邊歡樂的氣氛。

越近深夜，四方街中心廣場燃起了熊熊篝火，人們團團簇擁著焰火，臉上洋溢著歡樂的笑容，手舞足蹈著屬於納西族悠久傳頌的古調，時空彷彿回到了古代的麗江古城，那段曾經商賈雲集、歌舞昇平的繁華歲月。

古城裡，清澈的河水是人民心靈的依靠，潺潺流水伴著人民成長，這裡的寧靜祥和，洗去了人們為世俗事務所累的滿身疲憊。在這裡你可以放下所有的繁忙庸碌，在溫煦的陽光下四處走走，去細細品味麗江那份獨有的恬靜；也可以參與夜晚活潑熱鬧的營火盛宴。最後，你將會發現，你已慢慢的喜歡上了這種步調悠閒又愉快的生活節奏。

越南記憶

于千喬

老闆娘，我要一個小米糕跟咖啡奶！

好好好，馬上來！

嗯……還是換成靚豆漿好了！

清晨，我家巷子口對面的越南小吃店，就如同一般早餐店一樣，開起門來做生意。老闆娘大概很訝異，自己當初無意中推薦給我的越南米糕，竟在最短的時間內變成我的新歡，收買了我的味覺，或許是她那種純樸的熱情吧！讓我感覺不到一丁點兒做生意的市儈氣，心甘情願的成為越南米糕的忠實顧客，有時候早上趕著上課，沒時間在店裡好好享受早餐，晚上回去，米糕早已成為別人的腹中物了，每每讓我扼腕不已。猶記得第一次和媽媽去吃順化牛肉米線，是在一個機緣巧合之下，雖然店開在巷子口對面，但開幕幾個月以來我從沒走進去過，即使知道越南菜味道不錯，也未曾有過想要品嚐的衝動。那天，和媽媽從醫院回來，肚子餓的感覺侵襲全身，可是才十一點多耶！明明兩個小時前才吃過早餐，怎麼馬上又餓了！頓時決定不要聽從飢餓的話，免得我持續發胖下去，但旁邊的媽媽此時提出意見，說上回同事去吃那家越南小吃，覺得味道很好，她也想去嚐嚐看，我只好陪她一起去吃，但只點了一杯咖啡奶解解饞。米線上桌後，我和媽媽就看傻眼了，這碗米線份量十足，牛肉也放了好幾片，不像有些小吃店放個兩三片就交代過去，媽媽淺嚐一口，便對米線致上最高敬意，因為她一向對麵線、米線這類東西很挑剔，好不好吃幾乎是可以立即判斷，她讓我嚐嚐湯頭，我就了解加分的地方在哪裡了！等到咖啡奶上桌，更是征服了我的味覺神經，越南咖啡我不是第一次喝，但這樣的味道卻是第一次嚐到，黑咖啡微苦，但是苦中有甜，加了煉乳之後，苦味還在，但味道更加濃郁。老闆娘問我們有沒有吃過越南米糕，希望能讓我們吃吃看剛出爐的米糕，一打開鍋蓋，米糕香四溢，老闆娘毫不客氣的挖了好幾勺給我們，讓我這個原本打定主意不吃的客人，無法招架，只得下湯匙享用米糕了！或許我真的得感謝老闆娘的這碗米糕，不僅讓我回憶起幾年前一次遊越南的經歷，也讓我看到，離鄉背井到外地打拼，對原鄉的懷念以及對現在生活的認真與堅持。

幾年前，有機會和姑姑到北越一趟，一到越南的機場，我就完全被那烈日驕陽打敗了，天哪！怎麼會這麼熱，氣象溫度沒有那麼高啊！我直視著太陽發火，卻沒有任何辦法，無奈的看著手上兩人份的厚重行李，認命地拖著它往遊覽車上去，一心只想趕快到飯店吹冷氣。焦躁的天氣使我煩悶不已，還要跟著大夥兒團體活動，從白天熬到晚上，我整個人已經快虛脫了，防曬乳一瓶瓶的擦，還是抵擋不了陽光在我的皮膚上留下痕跡。不過，天氣雖然熱，讓每個人都顯得懶洋洋的，我卻不由自主的對越南這個地方起了好感。想是因為越南的水果吧！鮮紅飽滿的火龍果，每天晚上一定準時躺在飯店的圓桌上，恭候我們的大駕，用他甜美紮實的果肉，緩和大魚大肉後的油膩；後來在水果攤上看到當季盛產的水果，也都為之驚艷，無一不是「盛夏的果實」，像是要吸收夏天所有的營養般，沒有一點畏縮的盡其可能成長茁壯，像是一種生命力的完整展現，不用人為的燈光照射為其加分，就已炫目奪人。後來聽導遊說，因為氣候的關係，越南水果長的都特別好，特別健康，要我們把握這幾天好好嚐嚐各式各樣的水果，把甜美的口感帶回台灣。

越南人對於河粉的死忠程度也令我相當驚訝。這趟旅行，除了有幾餐是吃中華料理之外，其他全部都是越南當地的風味，每天都可以見到河粉，飯店的、餐館的、小吃攤上的，河粉在此稱霸行之有年，是越南人的主食，最佳代言人。越南河粉清淡爽口，跟我們在台灣吃到比較重口味的河粉不同。當然，本人向來奉「重鹹」為飲食的最高指導原則，從來就吃不出菜「很鹹」，只吃的出來菜「不鹹」，明明知道這樣對身體不好，也寧可想其他的辦法補救也不願違背自己的意願。但是，即使重口味如我，卻也喜歡上越南河粉清爽的口味，難怪人家說越南菜雖有味道卻不油膩，從街上看不到一個胖子這個事實即可以得到印證了！

我也喜歡越南的炸肉捲，詳細名稱已記不清了，只知道是像春捲一樣的作法，牛肉加蔥和成餡料，裹上一層麵衣，下鍋炸的酥脆，短胖呈圓柱狀，風味獨特，至今令我念念不忘。我想我永遠忘不了，在那盤炸肉捲上桌時，筷子不聽使喚飛舞的神氣身影。

越南人講話風格也很特別，有一回進飯店吃晚餐，不知為何，那天上菜的流程相當不順，導遊當然得挺身而出為我們喉舌，他跟經理反應現在的狀況，經理便跟一個服務生「吵」了起來，兩人你一句我一句的唇槍舌戰，互不相讓，臉上表情扭曲，眼看雙方情緒就要瀕臨爆發點了！怎麼導遊完全無動於衷？原來，是我們這些外行人誤會了，他們並沒有吵架，只是很嚴肅的在討論上菜的問題，講話的速度急了些，因為餐廳吵雜，不得不提高分貝說話，加上臉上沒有笑容，不知情的人會以為越南人講話這麼衝，其實這是他們說話的方式。後來的幾天裡，我都特別注意越南人談話的神情與姿態，雖然一句都聽不懂，但感覺很活潑，很純樸，有一種簡單的味道。

老闆娘靦腆的笑容，讓我想起去越南的那一天，華航的飛機上，有一半是越南新娘與到台灣工作的越南人，他們一上飛機，就相當熱情地招呼四周左右的同鄉們，即使彼此不認識，也都迅速的成為好朋友，天南地北的聊了起來。直到要起飛了，空服員出來「控制」場面，大家才把心收回來，安心的坐在椅子上，等待回鄉的那一刻。經過三個多小時的飛行，當機長廣播飛機即將降落時，幾乎所有越南人都高聲歡呼，互相握手擁抱，還有人流下喜悅的眼淚，難掩那種五味雜陳、近鄉情怯的情緒，他們終於回家了！看到好久不見的土地，飛機劃過自己國家的領空，緩緩下降，機外的空氣、陽光、大海，無一不是那麼地熟悉，在台灣打拚多年，他們對原鄉土地那份深厚的感情，支持著他們在台灣孤身奮鬥，一年又一年，可能在這裡結婚生子，變成永久的居民；也可能只是短期的工作，時間一滿就回家了！可以想見，異地遊子，從一開始對台灣的陌生、擔心，甚至於害怕，讓他們對這塊土地有了點防禦之心，他們希望保護自己，但也希望能融入這個社會。矛盾的感覺相信我們是很難體會的，即使現在天涯若比鄰，一地與一地之間的距離不過是趟飛機就可以到了。但是，離開與回家，感受不同，飛機載著大家的夢啟程，忐忑不安，知道這將是場冒險，有些人期待，有些人害怕，有些是自己的選擇，有些則是迫於無奈。回航時，無論成果如何，都是回「家」了！家裡有親人在等待，血濃於水的感情無可取代，支持著他們飛行出去，飛行回來，再晚，也會有一盞燈亮著。

越南對於我來說，是曾經旅遊過的一個地方，短暫的玩樂，不是永遠。但對老闆娘一家人來說，是他們土生土長的家鄉，長久的記憶，真實而又充滿感動。現在，他們已經在台灣落地生根，有了自己奮鬥的目標，學習融入這裡的生活，適應我們的風土民情，他們也懷念故鄉，雖然只能「偶爾」回家，但是一顆知足、安定的心，讓他們少了戰戰兢兢，快樂生活，淳樸的感覺依舊。沒有華麗的店面，也沒有高調的裝飾，簡單的做個小生意，卻也可以很不同。常常聽到他們左一句國語、右一句越南話的招呼客人，此起彼落，熱鬧非凡，路過的我，總感覺有好大好大的力量，好多好多的希望。

我想，老闆娘也是用越南美食，品嚐原鄉的記憶。

走進威尼斯

王昱婷

娛樂場

澳門擁有亞洲數一數二的賭場，它另有個別緻的名字，稱為「娛樂場」。這其中的富麗堂皇只有身歷其境的人才能有的深刻體驗，這裡更是眾多追求牌桌上緊張刺激的嚮往者的天堂。有多少人於此地一擲千金只為求得賭博遊戲時的快感，那份瘋狂與沉迷將澳門賭場推向世界的一巔。

威尼斯人是最近落成的飯店，其中賭場的設計與氣派輝煌程度更可位列澳門賭場之冠，賭場位於正中央，若要前往大廳與一樓相關地區，最便捷的路徑勢必得經過正中央的賭場。以金色為主調的裝潢，搭上挑高近三層樓的設計，使得視野寬廣且不具壓迫感，場內分劃成四大主題區域，以顏色與名稱區分，各區內皆有自己的主題與特色，走在其中隨時可以清楚的知悉所在位置，不會迷失方向。賭博遊戲與機種亦不盡相同，更可依喜好與財力選擇想要玩的遊戲，甚至還設有獨具風味的餐廳在內，供玩累的遊客們休憩與用餐。在威尼斯人賭場內，你所能體驗到的絕對是賓至如歸的完美感受。

水都 威尼斯

走進大運河購物中心，我彷彿來到了水都威尼斯，眼前濃厚歐洲氣息的精巧建築，沿著中間的湛藍運河交錯成一片迷宮，但這兒不似威尼斯沉穩彷若紳士，所有建築潑上了淡粉、鵝黃、嫩綠、天籃等各樣夢幻的色彩，拼貼出洋溢著活潑色調的繽紛小城。

霎那間，一曲高亢悠遠的浪漫船歌由遠至近飄進耳裡，眼前的小彎河道划出一隻綴著金色彩邊散著烏亮的精緻貢多拉鳳尾船，帥氣的領航員優雅穩重的舞動著船槳，嘹亮的歌聲使得遊客都為之駐足。

我彷彿迷途的愛麗絲，一腳踏入了如夢似幻的童話世界。

那一個夜晚

夜裡，千喬領著我們到賭場大開眼界，踏進賭場內，周圍氣氛瞬間翻騰熱絡，彷彿來到另一個世界，處處都充滿了人潮，各式各樣的牌桌令人目眩神迷，吃角子老虎機是一般人最玩得起的遊戲，廣布在四大區的各個一塊天地，且吃角子老虎機的類型也五花八門，傳統７７７連線的早已過時，種類繁多、下注的玩法也各有不一，連拉不拉霸都由玩者決定，骰盅喀拉喀拉的鼓動著牌桌場的氣氛，眼前所見的景象淨是熱血沸騰，熱鬧極了！

千喬的雙眼在場內逡巡了一回後，如獵鷹鎖定獵物般大步邁向選定的牌桌，瞧也不瞧的便一個旋身，翩然的於椅上坐定。此時我才定睛一看，內心微微一驚，這可是起注便要五百元港幣的black jack桌，無資力的我只能乖巧的站在她的身後，用雙眼看著眼前即將上演的決鬥。

牌桌前的千喬臉上帶著自信與傲氣，熟練的瞧完牌，出手毫不考慮的便將二枚紫幣推出，而牌桌上黑幣、紫幣大量的來來回回，站在她身後的我看得可是膽戰心驚直捏冷汗。如此下來，一來一往間輸贏各有，代幣的大量往返，其中戰況廝殺之遽可見一斑，雖然她的臉上看不出有任何的情緒波動，但隱約間嘴角卻淡淡透露著笑意，讓心懸一線的我總算稍稍鬆了口氣。

時間緩緩推移，千喬總算累了，豪氣的收了收代幣便要起身離開，邊走還愉悅的說著：「爽快！真是爽快！刺激的我渾身發熱！賭場真是個好地方！！我不禁無力的說：「都不知道我看的多緊張，你也真下得了，二枚紫幣耶！我的天哪！」千喬仍不減笑意，「賭就是這樣才好玩呀！你也別淨玩吃角子老虎機，一起下來試試，保證你試過一回就能體會其中的樂趣了。」我趕忙搖搖雙手說：「現在沒那個錢，站著瞧瞧過過乾癮就行了！時間也晚了，快回去睡，明天還有其他行程呢！」

突然一陣手機鈴聲在耳邊響起，瞇著眼摸找手機，原來是昨晚設的鬧鐘，按掉惱人的鈴聲正打算繼續睡，此刻千喬卻已在床頭大喊：「昱婷起床了！」我鑽進被子裡求饒：「唔……我還想再睡……昨晚好累……」千喬不放棄的搶走我的被子大喊：「起床啦！走吧！我們再去賭場，再去玩……『幸運輪轉盤』！」

註：賭場內除了最普通的吃角子老虎機是平民化機台外，其他陳列在娛樂場內的台桌，起桌價幾乎都是一、二百港幣，惟獨只有一桌「幸運輪轉盤」起價五十港幣，是新手的第一戰場。另外，威尼斯人一枚紫幣代表著一千元港幣。

夥伴

于千喬

出門旅行，夥伴選擇的重要性遠大過於對旅程的安排。出公差和自己旅行的同伴一定不一樣，公差無法選擇，好的人、有點問題的人、大有問題的人，都得忍受，若是能夠達到相互接納的終極目標，幾天的旅行相安無事，任務就可以算是圓滿結束。當然，我也曾見過在台灣交情很好的朋友，出去旅行一趟發現對方醜陋的一面後，經營多年的珍貴友誼出現自然裂痕，表面上絕口不提，但心裡打定主意不會再一起旅行，彼此差異太大。配合度高的人、神經大條的人，或許比較能夠諒解對方，也不太在乎。自己旅行則不然，背包客隻手遮天，一人獨挑大樑，沒有夥伴的問題，或許也少了分享的樂趣。喜歡找三、五好友同行的人，這幾個傢伙該是一丘之貉，臭味必須相投，否則一次旅行保證足以毀掉大家以後的美好關係，包括之前的所有回憶。別以為這是危言聳聽，良辰美景若配上個吝嗇鬼，也是無話可說的。

和高中好友聊天時提到，出遊的夥伴選擇真的很重要，個性、花錢態度是兩大要素，他喜歡找我出去玩，我也喜歡與他結伴，我們的tone是相同的，而我也同意他的說法。我們都願意將微薄的存款花在旅行上；強調忙碌一天後必須住個好地方；對任何事情秉持大而化之的精神，只要不殺人放火都行；出沒的場合可以互相配合，今天我要去這明天你要去那都願意當個最好的陪伴者，如果不需要對方出現，單獨行動後絕對睡前再相見。他甚至比我更加平易近人，接受我的其他朋友，我的壞脾氣。

大學朋友L和W，也是愛玩份子，常被家長通緝在案，過年通通潛逃國外。第一次一起旅行，還摸不清對方的底細，還會詢問大家的意見，考量每個人用錢的最大限度，見機行事。第二次一起旅行，沒有任何商量，居然能夠心照不宣地完成所有需要溝通的大小事，飲食習慣相同更是少了安排三餐的困難。第三次一起旅行，已經可以到做鳥獸散的地步，約個時間，就地解散，大家各奔前程。一個小時後，L跑到賭場旁邊的starbucks找我，他知道我會在那，一如我知道他會來這裡找我。這樣的默契，只能在旅行中體會，只有真正的夥伴才可以了解。

也就是說，如果想真正了解一個人，最好的辦法就是找他一起旅行，短時間的同居生活，已經是非常有趣且耐人尋味了。

語言

王昱婷

語言，建築起一座你我間溝通的橋樑，如同開了一道對外的窗口，讓人不再封閉侷限於自己的小小世界裡，能夠踏出去，去認識、去聽聞更多不同的聲音與世界！

若是閩南語也能列為一種語言，呵！在要求語文能力的競爭社會中，我也稱得上是具備兩種語言，而我國對於他國語言的培養總是本末倒置，鑽研著深奧的句型與文法，忽略了其實最重要的聽與說，在這樣壓榨式的學習下，挫折與厭惡油然而生，更別說是喜愛上它了！

曾有幾次與外國語言碰撞出火花的經驗，讓我深深的覺得，環境，對於語感的培養真的很重要，這不是藉口，是活生生的體悟，生活中的潛移默化可真不容小覷！

一回，到印尼巴厘島，我永遠記得，在那短短的六天旅程中，從一開始不適應與當地人全英文溝通的環境，直到第四天早上飯店的morning call，正睡得迷迷糊糊的我，接起電話聽到對方說了good morning及早上問候後，我一下意識的回了她：「Good morning ,thank you very much！」帶著睡意掛上電話後才驚覺，剛剛應是飯店的電話錄音morning call，我跟他說話作啥呢！但此時不禁會心一笑，從起初的不適應，到如今竟能很自然的聽著英文，並與之對話，對於英文有點恐懼的我能有這樣的進步，不禁令人喜悅！

而對日文一向抱有莫大興趣的我，雖然只在大一外文課學習了一段日子，但難得來到了日本，總是一個磨練的機會，不過，語言能力尚淺的我們，也鬧了不少笑話。一回，在北海道為了偷偷幫同學慶生，其他同學負責分散壽星的注意力，其餘連同我在內的三位大一選修日文為一組，硬著頭皮前往飯店大廳，挑起購買蛋糕的艱難任務。

在展示蛋糕的冰櫃前，三人討論一番後決定一款巧克力蛋糕，招呼服務員前來，服務生問我們是否能聽得懂日文，當下回他稍微，他便意會的表示他會講慢一點。日常對話比較熟悉還能應付，但沒想到才進入購買蛋糕的第一步，我們馬上敗下陣來，三個人面面相覷，服務生的一段話，三個人產生了三種不同的解讀，我想是指冰櫃裡的蛋糕已經放上一星期，不新鮮；L表示應該是說一塊蛋糕有多少克、應該多少錢；H則說應是整塊蛋糕只能切成一塊一塊賣吧！服務生見我們將他晾在一旁討論不出個所以然來，放棄的請我們等等，最後請了位中國的翻譯員來，此時才了解原來他剛剛說「飯店裡蛋糕都是現做的，製作時間大概需要一個小時左右，請問我們可以等待嗎？」之類的。一聽到答案，我們都笑的岔氣，大夥兒只抓到「一」這個數字量詞，便拼湊出不同的意思，過程緊張又逗趣，回想起來仍令人莞爾！

在北京的日子裡，當地人驚呼我們的國語講得真標準好聽，兩岸的隔閡，使得大陸人都誤以為台灣本島全是以閩南語為國語，有此等誤解令人詫異。雖說同是國語，但地方不同，腔調仍有差異。起初，當地一口標準的捲舌北京腔音令人驚嘆，但在這座北京城裡來來往往的人，哪地的人都有，河北腔、四川腔、湖南腔等等包羅萬象，聽得我們頭昏腦脹，這帶著濃濃地方腔調的北京話，聽在耳裡與陌生的語言沒什麼兩樣。有次，櫃檯的服務員打房電，他是湖北人，所講的湖北調北京話在我聽來簡直等同外星語，即使他很努力的重複話語，但接聽電話的我仍是聽得一頭霧水，最後只能默默的對著正在洗澡但熟悉這腔調的同伴大聲急呼：「你快出來呀！櫃檯在說啥我聽不懂！」這令人驚慌失措的情況，時間久了，聽多了，便也習慣了。雖說不出混著其他地域的國語，但一口字正腔圓、稍嫌稚嫩的北京腔，卻也能自然而然的脫口而出了！

語言是很奇妙的存在，同樣身為人類，卻因不同的演化過程而各自發展出一套屬於自己溝通、紀錄的方法。雖然面對陌生的語言常令人手足無措，可是一旦連聲音都無法表達意思時，那不用驚慌，因為這世界上還存在著一種最終的語言，幾乎全世界都通用的，那屬於「身體的語言」！在比手畫腳下舞動起肢體的無聲話語中，雖然沒有華麗動人的字詞，卻能呈現出那最原始的誠摯意涵。

謠言止於智者

于千喬

前幾天，朋友借了我兩本書，談的是頗為新奇的都市傳奇與謠言之類的東西，感覺十分有趣。本來一直挪不出時間去看這兩本書，想說手頭上工作都做不完了，書可以等我，報告或工作可沒那麼好修養可以讓我拖延，剛好還書日期迫在眉睫，所以告訴自己之後再借也是可以。但當我向另一個朋友推薦這兩本書，希望他去看看時，他突如其來的一句話讓我不得不即刻去把書打開，他說：「謠言走過的國家比你多，你該去了解一下。」多麼有哲理的一句話，讓我想起，謠言真的止於智者嗎？它不過是因著時間的洪流，向前推進，慢慢消失無蹤罷了。

卡普費雷在他撰寫的《謠言》一書中，有這麼一段話：

謠言從戰略上隱蔽著來源的神話，在持續傳播，因為它既令人愉快，又於人有益。令人愉快，是因為它在哪怕只有一丁點的謠言出現時，就使我們縱身躍入一個想像的世界，一個充滿著陰謀、詐騙、假消息和經濟或政治大戰的世界。謠言因而是一種通過中間人所犯下的罪行，一種完美的罪行，因為它沒有任何痕跡，不用任何武器，沒有任何證據。

他又提到：

謠言傳到我們身邊時很少是赤裸裸的，總有一系列的證據伴隨在側，使之具有不可辯駁的可信性。

所以，我們會相信謠言，傳播謠言，直到謠言失去新鮮感，已經走不下去的時候，才不會再提起謠言。人們對於事實，通常很少真的相信，美國在第二次大戰前收到所有關於日軍的戰備消息幾乎完全不相信，就是因為他們不認為日本會偷襲珍珠港，而日本不但真的這麼做了，珍珠港也付出慘痛的代價。謠言使我們相信不真實，而且群體的人為傳遞，你一言、我一語，就這樣走遍了世界各地。謠言不需要坐飛機，卻能要不了多少時間就達到普遍性的效果。不像我們，為了要去一個國家，常常得花上大把時間坐飛機、轉機，搞得暈頭轉向，還得適應當地時差，等到水土已服，又得搭上回程班機，適應家鄉的一切環境。

謠言並不止於智者，畢竟智者太少。我的好朋友C就被困在謠言這個漩渦中動彈不得。她常常跟我抱怨為什麼有人老中傷她，她沒做什麼。我說，謠言的流傳，不見得妳一定要做過什麼，就是妳沒做過什麼，也可能繪聲繪影的蔓延。我不算頻繁出國，但護照上也蓋了不少戳印。不在的時間，沒有跟台灣通訊的機會，不打電話，不出差就不帶電腦，也不喜歡朋友打電話給我，出去了就表示我不在，那是清靜的時間。有時十天半個月，回來的時候，感覺風雲變色，總有那麼多事情會發生在我離開的時候，我會聽到不該聽的、不想聽的，很多無意義的謠言，怎麼處理？一時間，我不知道怎麼回答，只好笑笑地說：「謠言止於智者。」

闖蕩

于千喬

一直認為，出門就是為了讓自己開心，生活有點調劑。無論得到什麼，亦或得不到什麼。住在台灣，除了看看台灣的世界，從北到南、從東到西，其實我從來沒有走厭倦過，能闖到多深遠，就願意去闖到多深遠。旅途上我可以碰到的所有事情，所有因外界影響而激起的情緒，都很複雜。

○八年十一月，有幸聽到俄羅斯國家研究院院士李福清師的演講，他研究中國文學五十年的時間，不是光在書本上下功大，是去闖蕩出來的。到中國的農村，聽老人們說著記憶中的種種，用著不怎麼流利的中文，與翻譯展開學術界的生死大戰，就是為了搞懂這些珍貴的影音。他一輩子都在為研究付出，讓我想起身邊許許多多的老師，他們從未停下讀書的腳步，人生彷彿除了吃飯睡覺，就是遨遊書海。一點一滴，累積自己的研究，集結成書，為文化、文學、歷史，開創了發展的道路。我欽佩他們，自己不是個心定的人，在意外面的花花世界較多，我總是隨心所欲，是一匹喜歡失去自制力的脫韁野馬。

想想，生命從來不曾真正為誰停留，或許是太年輕，不需要真正停下腳步（還是停下了沒有自覺？）很自我的意識。離開，是為了回來，更有精神地面對未來的種種，即使很難收心，也讓心境有真正的放下、沉澱。不管什麼事，我向來對自己有極高的要求，不輕易脆弱，很少卸下武裝，沒有人能完全了解我的世界，可以稱作一知半解。因為我不會說，自己的事不知道怎麼表達，想說，也說不完全，好像有語言障礙，這方面向來不及格。常在想，有沒有人也跟我一樣，習慣把事情都往肚裡吞，還得裝作蠻不在乎。相信是有的，跟我一樣強悍而又不肯低頭的女人。

不過，闖盪的過程總有艱辛，最令我困擾的該是「手機」。手機讓我的靈魂與台灣密切聯繫。我討厭人家在出國的時候打電話給我，所以習慣性地詔告天下，什麼時候是我雲遊四海的日子，希望沒有困擾。但每每在我出國的時候，消息鋪天蓋地而來，跨海處理「案件」已不是新鮮事，還有幾次當我一踏出國門，就接到萬里之外的命令。將在外，君命非受不可，任憑手機費狂燒，我也必須當機立斷。有人說，你幹麻乾脆不帶手機出門，落得清閒？真的可以嗎？我又不能放心，其實自己無法放下，一種生命的矛盾。或許這也是種停留，可以隨時飄洋過海的停留。

澎湖？澳門？

于千喬

澎湖能不能像澳門一樣，發展成賭場經濟，吸引世界各地的人前來博弈，我想這是個值得討論的問題，而且答案呼之欲出。

走過澳門兩次，第一次只停留在豪華的威尼斯人酒店裡頭，訝異於熙來攘往的賭客，川流不息地從早上賭到晚上，不見手軟。有人昨天賭輸了二十萬，今天回本，玻璃窗後的女人將籌碼換成港幣，賭客滿意離去，播下再度光臨的種子，其實賭場是最大的贏家。

澳門得天獨厚的地理位置是有成為賭場勝地的條件的，由澳門半島、氹仔、路環以及路氹城四個部份所組成。其中澳門半島北面與中國內地連接，而氹仔和路環本是兩個分離的離島，但後期填海工程把兩離島完全連接成稱為路氹城的地段。東面與香港相距三十公里。與台灣亦相去不遠，也是旅客的轉機地之一，掌握了基本的客源。海、陸、空皆有交通工具可達，既不費時，也不費錢。澳門的博彩業於一八四七年在葡萄牙的管治之下開始合法化，自此以後，澳門以「東方蒙地卡羅」之名廣為世界所知，成為了澳門經濟的重要一部份。據新華網在二〇〇六年十二月二十六號的報導，澳門賭場總營業額已超越拉斯維加斯，成為全球第一賭城。賭城的發展多元，從娛樂場賭博、賽馬、賽狗、彩票和足球博彩，不一而足。這樣一個紙醉金迷的地方，配上歷史文化的底蘊，大三巴牌坊、郵政總局、格蘭披治大賽車、國際煙火節、葡萄酒博物館、東亞運動會，還有〇九年的網球名人賽，山普拉斯跟阿格西沸騰了威尼斯人，讓澳門變得沒有那麼簡單，也讓旅人的腳步不只往賭場邁進而已。

回頭看澎湖，我並不贊成她往賭場經濟發展。除了因為澎湖沒有如此優越的地理條件之外，她也沒有賭場發展的歷史。澳門從葡萄牙人統治時期就以博奕事業為開展走向，中間備嘗艱辛，經濟、民生、治安等環節的維護，都費了很大一番精神。澎湖不一樣，她有天然資源的條件，天空、海洋、遊艇、衝浪、水上摩托車、海鮮、生態……，她很小，但她有發展自然旅遊的空間。我們沒有時間等待澎湖轉型成為賭場王國，那是不可知的未來，她應該把握住她原有的，從基礎上去找尋開拓的道路。

尤其現在，經濟不景氣席捲全球，博弈事業無法避免遭受波及，人們不見得能再花大把的錢進賭場消費，即使高層消費仍有他們的頂級能力，但砸大錢的人已經越來越少，澳門不正也面臨嚴峻的考驗嗎？他們如何尋求新的契機？當然，必須改變現狀，重新整理，而非放棄這個博弈王國，對吧！

文化

于千喬

一個國家的文化通常不會反映在人民的物質生活上，而是從衣食住行中表現出的談吐與行為。看起來發展得很先進的城市，滿街的Taxi、時速兩三百公里的快速火車、一杯接近兩百塊的Latte Coffee，本來以為什麼都買得起的地方，一下子似乎完全擺脫過去的窮苦，吃的、穿的、用的，層次都在逐步提升。但這不代表人的涵養會同步邁進。就像假的名牌包包，只可遠觀，拿到鼻前一聞，真假價值立現了。

前陣子去了一個地方，一直以來被人傳頌、讚不絕口的世外桃源，無論是文章裡或是遊客口中，都是美得讓人流連忘返。下了飛機，自此未來九天的行程我都只能嘗試去喜歡這個城市。不喜歡它的原因有很多，空氣差、交通不便、街道髒亂……，人們生活得沒什麼品質可言。景點區尤其可怕，沒有規劃的路線圖，搭配摩肩擦踵的遊客，水洩不通，少有禮讓的美事，大多是爭先恐後，把左右鄰居推擠到天涯海角方肯罷休。對於我們這些還在乖乖排隊的呆子來說，是撈不到一點好處的。最難以忍受的還不是這些，是在餐廳裡用餐的時候，若是到沒有隔間的餐廳用餐，漫天蓋地的煙味，總是不由自主地提醒你的肺正在遭受猛烈攻擊；叫囂式的聊天方法，也讓你不得不跟著大吼大叫，讓別人也嚐嚐這股台灣姑娘的潑辣勁。當然，我是得理不饒人的，能吼多大聲就吼多大聲，誰怕誰。

曾幾何時，一個在歷史上流芳萬古的城市，會讓外地人這麼不敢恭維。我不知道這個城市的過去是如何，因為我在〇九年首次造訪，但是我敢很篤定地說，如果它的人文素養跟不上經濟發展的速度，那就不會及格。我們不能要求每個人都晉升到高階層，但最起碼可以努力把每個人都往前推一點點，燈紅酒綠，也需要有品質，不是街上音樂放得震天價響就是現代化，而是要尊重自己，也尊重別人，我們共同在這個城市生存，應該更有智慧去參與城市的生活。隨心所欲不逾矩，才是王道。

我欣賞這個城市的有名，據說它曾經乾淨清爽；我欣賞這個城市的飲食，傳統與現代共存共榮，都是滋味；我欣賞這個城市的珍珠奶茶，做得很有學問。在這些欣賞的背後，我有更多期許。期許它有朝一日能不那麼庸俗，恣意擺佈遊人；期許它某一天能夠突然覺醒，車站外可以做些規劃；期許它整頓市容，別讓原本擁擠的巷道更加難堪；期許它徹頭徹尾給個生活公約，讓大家有個遵循的目標。期許它，變得不一樣。

太宰府

于千喬

不知道什麼時候開始，各地的廟宇變成遊覽勝地。日本的神社亦然，吸引了異地的人們虔誠禮拜，投下期許，自己能心想事成。〇七年的九月五日，我到福岡的太宰府，祈求學問神可以許我個學校唸，並非捨近求遠，而是抑制不住遊樂的心情，在應該拼命唸書的時候，還是選擇逃出國走走。

太宰府，離福岡市約十六公里，在六六三年成立，當倭國（即日本）在白村江之戰大敗後，在內陸設立防衛，設置大宰府，自此成為日本一個重要的行政中心。十世紀初，菅原道真（也就是後來的學問神）被流放到此地。平安時代後期，由平家所控制。鎌倉時代幕府下令中止大宰府，但大宰府仍然存在。中世時期，此地由少貳氏統治。少貳氏衰落後，由大內氏統治。織豐時期，小早川隆景重建太宰府天滿宮。關原之戰後，成為了福岡藩黑田氏的部份領土。經過明治時代後，成為了御笠郡。一八八一年設立太宰府村。一八八九年町村制設立後，設置了太宰府村及水城村。一八九二年實行町制，為太宰町。一八九六年四月一日與那珂郡和席田郡統合為筑紫郡。一九五五年三月一日與水城村對等合併，成為了太宰府町。一九八二年實施市制。二〇〇五年設於此市的九州國際博物館開幕，成為遊人在福岡必造訪之處。

而作為祭祀學問之神菅原道真的天滿宮，是福岡的觀光名勝。傳說因仰慕菅原道真而一夜之間從京都飛來此地的「飛梅」神樹，一直被保留至今日。從每年一月下旬到四月上旬都會開出美麗的白色梅花。莘莘學子會來此地虔誠一求，希望得到菅原的庇祐。天滿宮的右手邊小巷深處，有一座光明禪寺，寺成於鎌倉中期（一二七五年左右），環境清幽，裡面由十五塊石頭組成「光」字的「佛光石庭」，以及用綠苔象徵海洋、白沙象徵陸地構成的「一滴海庭」相當出名。在秋天，還能欣賞到美麗的紅葉，為太宰府增添燦爛氣息。

不過，最吸引遊客的，當是進入太宰府前的兩排小商店，各式各樣的日式傳統小玩意兒，任君挑選，總會有些發現。逛累了，隨步進一家賣梅梓餅的小屋，和藹的老婦人端上溫熱的梅梓餅，配上濃郁抹茶或是純天然柳橙汁，就這麼坐著一個下午也是值得。〇七年我因為指導教授在西南大學而飛往福岡，〇八年我又因為忘不了擁有梅梓餅的下午再到福岡，兩次都求得上上籤，學問神冥冥之中也一直保佑我的學業。很是感動，想起中國的文昌帝君和日本的菅原道真，從來沒有忘記過我這個不太用功的學生，總願意給我個好兆頭讓我放心考試，穩定我焦躁的情緒，與面臨沒有退路時的那股不安和無力。

啊！我又要去福岡了！

一個人旅行

于千喬

一個人旅行的時候，最容易發現自己的脆弱。

一個人旅行，總覺得自己和這個城市有點距離。怕天黑，怕來路不明的黑衣男子，怕陌生人發現你只有一個人。很多很多害怕，是一個人旅行必須挑戰的。嚴格來說，我沒有一個人旅行過，即使是自己搭飛機到某個地方，也總有人等著我的到來。但我還是有潛藏的害怕，這個害怕或許我永遠無法反抗它──頭暈。我有頭暈的毛病，隨時帶著藥預備，平常身體好到不行，幾乎是不生病的，卻頗為不定時炸彈的頭暈所苦，因為我不知道它何時會從背後偷襲我。一個人坐在飯店裡，會突然想到自己暈倒該怎麼辦？心裡的忐忑不安，在第一天晚上特別明顯，巴不得時間快速前進。到了回國前幾天，這樣的心情就消失不見了，換來的是能不能別離開的情緒。很矛盾，但也很真實。

出門，才知道自己也有脆弱的時候。一個人，才知道自己很多時候不喜歡一個人，不喜歡漫長的夜晚。沒有電腦，手機形同報廢，電視播放著聽不懂的語言，心情不能放鬆，只因為過度保護自己。架了過人高的刺竹籬笆，不能忘卻原來的空間，擁抱異鄉。

其實，一個人的時間，才能多想，才能多寫，才可以隨心所欲地去哪裡。調整步調，不同於所在的城市，你會發現自己比這個城市的人快活多了，當然，這個地方可能是都會，也許是鄉村，端看個人感受。我很喜歡福岡這個地方，雖然他是日本的第四大都市，但走在街上的感覺和東京、名古屋就很不一樣，人口少很多，空氣清新很多，馬路乾淨很多，地鐵線簡單很多，治安單純許多，眷戀的摩斯漢堡也有許多許多。那裡有我老師的老師，我們祖籍都是山東，喜歡跟他一起喝酒，也喜歡他突如其來找來的朋友，就這樣搭在一起，居酒屋的生活。那裡有新認識的大學女教授，目前單身，卻俐落地抱起同事的小孩，有媽媽的樣子。那裡有獨自旅行的台灣女孩，西新站碰到的，沒走過去跟她打聲招呼，她或許不想被別人認出。那裡有我認識幾年的朋友，她有個台灣的男朋友，她喜歡台灣，常常希望我能跟她交換。我說，落葉歸根，走累了還是要回家，這才是旅行終點下車的地方。

這個城市的運作不快不慢，而我的步調選擇比他再慢半拍，說不出的快活。

一個人旅行，可以來這裡看看。

旅行的意義

于千喬

旅行，是拿著一杯最喜歡的咖啡就可以走到天涯海角，放下一切的開始。

我喜歡旅行，不管是自己或跟朋友，從決定地點到安排行程，到中正機場，出發，降落在一個你未曾到過抑或再熟悉不過的停機坪，一路上的旅程，歸來。可能在出發的時候，飛機上畫滿了圖案，你會驕傲自己搭上了一架漂亮的飛機，就算已經很多人搭過，但在那一刻，那架飛機裡的那個座位只屬於自己，你擁有一段飛行的權利；轉機的時候，眼花撩亂的香港和紙醉金迷的澳門，出站與否，還是可以自己選擇，目的或許只想讓旅行多點變化；到了終站，不會有回程的壓力，在那幾天你只想體會當地生活，或許有段時間你看不到台灣的報紙和節目，不過你會耗一整個晚上的時間看滿天星斗、在bar裡聽著歌手賣力演唱、跟同伴嘰嘰喳喳、又驚又喜只因為接到朋友從台灣打來拜年的電話，把時間「浪費」在每一件自己覺得最美好的事物上，噢，不！是享受。

旅行，好比隨心所欲的行腳類節目，你我都是主持人。

早已經過了跟大人一起旅行的年紀，即使在他們眼中還是孩子。一直以來我都是獨立的，可以自己決定的事情都是先斬後奏，知道會橫生枝節的事情絕對祕而不宣。說要去的地方永遠在變動，說不停留的地方往往有我的足跡，不喜歡被限制，只要用一個好大好大的膽子去看看不同的風景。旅行像是個孩子，從跌跌撞撞、牙牙學語到健步如飛，成長的過程有風有浪，可能快樂多一點，可能生氣多一點，都是左右一個人願不願意舊地重遊的原因。對我來說，旅行創造出來的記憶，是最重要的，一次幻想，一次好玩的笑鬧，一次跟陌生人的秉燭夜談，一次在小舟上聽船夫唱著愉悅的歌謠，都是幸運繩編織出來的繽紛線條，會永遠懷念，或許，不只是懷念。

我到過一個地方。第二次去的時候，就知道這輩子再也與這個城市脫離不了干係。那裡的冬天不美，樹葉花草都在冬眠，但是乾燥的氣候卻讓我的皮膚得到了休養生息的機會，看到小孩的臉都被凍的紅瞎瞎的，心裡總想著我比他們適合這裡。

每次都選擇在下午到那個城市，即使在台灣要多早出發，都無怨無悔。因為你喜歡到那裡的第一頓夜宴，你要去跟爺爺奶奶吃飯，爺爺好會喝酒，你們來自同鄉。小小的屋子裡有爺爺、奶奶、老師、師丈、男孩女孩、你和同伴，擠得很溫暖，吃得飽飽卻還不肯放棄蘋果水梨砂糖橘，喧鬧一陣才願意離去。爺爺會幫你叫計程車，可是他說的那條捷徑司機永遠也不會走，爺爺會生氣，你只好擺擺手跟司機說：「撿另一條路走吧，太晚了。」

習慣性地把鬧鐘調在八點半，所有人聽你的鬧鐘行事，昨天睡得晚，今天就睡飽點，鬧鐘是個跨欄，不過是告訴你該去李師傅吃早飯。從來不知道自己的食量有這麼驚人，好大的一碗牛肉麵提醒你今天有多少路要走，會照著預定的行程，偶爾也節外生枝，生活無拘無束，出了門，好像可以放縱一點，九霄雲外有你拋掉的好多東西，什麼都無所謂，不是有句話說把握當下嗎？下午去聽演奏，幾乎所有樂器都會的老人，帶著一票子弟兵，彈了一首人人皆知的曲子，是經典中的經典，斜對桌的女生一個人聽到流淚，她不像是本地人，坐的那張桌子你們覬覦很久，上面黃底黑字寫著「東吳大學前校長章孝慈曾於……造訪」，他用過的。

華燈初上，紅牆綠瓦的星巴克擠滿了異地旅人，散步在似湖亦海的水邊，走進茶馬古道的餐廳，看著窗外結霜的空氣，頓時，會沒有心情，只因為放鬆到不想去體會心情。有時候，會選擇去吃竹筒雞，火紅的辣椒炒出來的雞肉卻是香甜甜的，很下飯，用的餐具都很華貴，然後會想起有家咖啡店裡的服務生對你很親切，說要跟著你們一起逛街，可惜那次沒去，朋友都笑說：「是不是該去喝咖啡了？」

新疆串燒的老闆帶著一家人跋山涉水到異鄉生活，一家小店物美價廉，是他們的希望，你們也喜歡去吃，老闆娘總是對你們笑，她知道你們是外地人，喜歡他們家的菜。下榻的旅館裡服務生年紀很輕，跟你們差不多大，總是不好意思收下你們買的水果，晚上你睡不著覺，會去找他聊天，他靦腆地說，旅館的老闆很划算，有兩個看門的。

白天一樣早起，不想浪費每一分鐘，旅行的腳步突然變得緊湊，你發現有壓力了！畢竟，你要回去面對現實，課業、工作、進修、感情……，回去追求被暫時拋掉的東西，你開始想起你的目標，越接近回去的日子，這樣的內容就越會變成聊天的話題。機票可以延期，你想到。但是出發前你一定會先預約好回去的班機，而且你不會改變計畫，嘴上說的不過是牢騷，因為你知道，出去就是為了回來，回來就是為了再出去，是循環，是調節，是屬於你的新陳代謝，無論哪邊，都放不下。

然後你以無比堅定的心態告訴自己，回去多賺點錢，這裡的廉價咖啡不好喝。

旅行，不是給自己另一種壓力要物超所值，用最短的時間玩遍所有地方，拍下無數照片，而是用平常不能享受的步調生活，是最想要、最簡單的方式。我常常給自己這樣的機會，去異地找尋不一樣的奇蹟，沒有傷春悲秋，沒有什麼多大的毅力要去了解旅行的真諦，也不在乎記不記得起什麼公園什麼博物館的來歷，就算忘記，總是有些事情，記得的。

文章想寫的是「旅行的意義」，看似抽象，其實不過個人體會，每個人都有自己旅行的意義，筆墨或許也無法形容的。

走，就對了。

番外篇

都市‧妖（一）

李原芳

寬廣的湖面，垂柳隨風擺動，岸旁的古建築群令人有時空錯亂之感，這裡正是北京有名的「荷花市場」——一系列的古建築，做的卻是現代人的生意，著名的餐飲、鋼琴吧、酒吧，就在這充滿古意的地方緩緩生長。

夜深了，據說光明能抑制人性中的黑暗面，那日落之後呢？

在什剎海的深處，幾名在酒吧喝醉的男子，圍著一名落單的女子，被酒精與黑暗矇蔽本性的他們，只想聽從慾望行事。

「小妞，一同玩玩吧！」為首的男子淫笑的說著，一雙不規矩的手已向女子身上探去。女子害怕的往後閃躲著，開始後悔不聽友人的勸告，獨自一人外出。

「住手！」沒有等到預料之中的哀求聲，幾名淫徒回頭看著聲音的來源。

「原來是你呀！死酒保，少管閒事，還是……你也想分一杯羹！」男子猥瑣的對著出聲的男人說道，同時一揮手，幾名嘍囉立刻圍住了酒保。

出聲的是剛才在酒吧裡調酒的男人，在藍白的街燈下，他的臉散發出一種奇異的色彩。

酒保皺了皺眉，眼神中閃爍著難以言喻的光芒，漫不經心的矗立在那，以一種悲憫、嘲諷的眼神看著眾人，像是感受到他的目光，為首的男子惱怒的一揮手，眾人立即向酒保撲了過去，只見他像是隻敏捷的豹子，靈活的躲過一連串的攻擊；又像躲在黑夜裡的幽靈一般，適時的擊中對方的弱點，很快的幾名惡徒已識相的跑走了。

像是要呼應邪不勝正一般，明亮的月光終於穿過雲層，照向地面，贏得勝利的酒保卻像看到鬼一樣驚慌，躲開月光的照射。但是徒勞無功，只見酒保的身體起了奇怪的變化，在晶瑩的月光下，他的身體變成了晶瑩的綠色，像是葉子一樣的綠，同時俊俏的臉也慢慢的扭曲變形，一條條血管突起，像藤蔓一般，爬滿了他的臉。

躲在一旁的少女嚇呆了，絲毫不敢相信此時在救命恩人身上發生的變化。

「你去死吧！」剛剛帶頭的男子似乎不甘心，回頭找了把藍波刀，衝了過來，被憤怒與不甘沖昏頭的他，完全忽略了酒保身上的變化。

酒保原本清亮的雙眼已變成恐怖的血紅色，伸長了變形的雙手，一把便捉住了持刀而來的男子，男子此時才看見酒保的樣貌，一股恐懼油然而生，但過度的驚恐，反而使他無法發出任何聲響，只能從酒保泛紅的雙眼中看到自己僵硬的面容，酒保看著少年猶豫了一會兒，像是承受不住血管在體內暴走的疼痛，他終於一口往男子的頸部咬下……

「啊！」完全目睹事件經過的女子終於承受不住驚嚇暈倒在地。

＊＊＊

女子揉揉發昏的太陽穴，好奇的看著四周，發現自己躺在酒吧的沙發上。

「你醒了呀！還好嗎？還記得昨晚發生什麼事嗎？」酒保溫柔的笑著並遞給她一杯熱牛奶。

「恩！昨晚，有一群人包圍我，然後……你救了我，再接下來的事……我、我就不記得了。」女子抬頭看著他，美麗的雙眸中充滿了疑問。

「昨晚，妳可能是嚇暈了，我怎麼叫都叫不醒，只好先帶妳來酒吧，對了，為了聯絡妳的家人，我看了妳的錢包，妳不介意吧！蒨兒。」酒保露出雪白的牙齒對著她笑。

「喔！不介意。」因為酒保親暱的稱呼，她羞紅了雙頰。

「妳朋友真特別，我打電話過去，她們居然一點都不擔心，還叫我好好照顧妳。」酒保站在吧台調弄著一瓶瓶的酒。

可惡！這兩個傢伙！她無奈的撇撇嘴，好友的本性她了然於胸，「照顧」兩個字絕對有言外之意，這兩個女人一定以為她有豔遇了。

「對了，妳是本地人嗎？看妳的氣質不太像這裡的人？」

「不是，我跟朋友們來這自助旅行。」她輕輕的抿了抿唇，唇間盡是牛奶濃郁的香氣。

「喔，我對這裡很熟喔！可以當妳們的嚮導。」

他端了一杯飲料走了過來，飲料的底部是晶瑩的綠色，上端則是淡淡的粉色，飄散著若有似無的香氣。

「這杯飲料請妳，我都是喝這個長大的喔！」

她笑了笑，著迷於炫目的色彩，更著迷於他陽光般的笑容。

「待會要去哪玩呀！帶上我吧，我也是很好的保鏢喔！」他站在吧台，單手支頤，燦爛的笑著。

蒨兒羞怯的笑著，絲毫沒有注意到以一間營業中的酒吧而言，這裡靜的異常，聽不見鳥語，更聽不見外頭遊人的喧囂。

都市·妖（二）

李原芳

她果真帶上他了，在後來的旅途中，多了一個男人。

他是很好的導遊，每到一個景點，總能鉅細靡遺的將歷史典故、沿革發展講解的活靈活現，令人如歷其境，而到夜晚，他則帶著三個小女生領略北京的夜生活，體會夜晚的繁華。

蒨兒迷惑了，她本以為熟知文史的男子大都是文質彬彬、只知執著於書本中，她沒想到這次北京之行會遇到一位上知天文、下知地理，而且還精通各種球類運動的男子。

每見一次面，她就覺得心中某個地方慢慢的淪陷，淪陷在他溫暖的笑容裡。似乎察覺兩人間莫名的電流，為避免被冠上「電燈泡」的兩位朋友也識相的退出了原本為數四人的旅行團。

獨處的時光，滋長了兩人間的情愫，愛情來的猛烈而迅速。很快的兩人約會的景點不再是北京的各個景點，而是在兩人初識的那間酒吧。

第一次約在酒吧，他輕輕的吻了她，換來她害羞的微笑、第二次他加深了那個吻，雙手愛戀的描繪她的曲線、第三次他關了酒吧裡的燈……

蒨兒用雙手害羞的捂住雙頰，她不是一個隨便的女生，也不知道為何會和一個異鄉男子進展的如此迅速，或許真的是情不自禁吧。

「喂！為什麼每次我和小陸她們一起來酒吧都找不到你呀？」蒨兒躺在酒保的懷裡，提出了她的疑惑。

交往越深，蒨兒越覺得他神秘，好幾次想和朋友來酒吧找他卻總是不見他的人影、還有他和人群間總是存著看不見的隔閡，他看著其他人的眼神很特別：有著敵意、憤怒與淡然。

「因為我只想見你呀！」他笑了笑，穿上了綠色的上衣，並在她的唇上吻了吻。

「討厭！」輕薄的結果，換來撒嬌的粉拳。

酒保起身，神色複雜的看著遠方的蓮花池。

蒨兒拉住床單裹住嬌軀輕輕的偎在他身後，她已決定將所有的疑惑都埋在心裡，有人說愛情是盲目的，那麼就讓她盲目一次吧。

「你很喜歡蓮花吧！」蒨兒隨口問了一句，想要打破這令人窒息的寂靜。

「當然，沒有人會不喜歡自己！」酒保笑了笑，笑容中有沉積千年的無奈，陽光透過窗戶在他的臉上形成難以言喻的陰影。

蒨兒愣了愣，但她已決定不再多問，只是縮緊了懷抱。

＊　＊　＊

還是一樣的陽光、一樣的什剎海，一張報紙被風吹落，報紙上的新聞令人觸目驚心：

「今日下午四點在什剎海工地附近的古蓮花池發現一名無名男屍，男屍頸項上有著可疑的牙印，相關單位已決定填平蓮花池並展開調查……」

夜半兩點鐘

李原芳

北京的冬夜是寒冷的，她卻在夜半兩點鐘離開了暖和的被窩，靜靜的坐在桌前，呆望著手裡微微發光的天珠，她不明白自己是怎麼了，多愁善感一向不是她的個性，但現在心中卻被一股莫名的愁緒與哀傷籠罩，空氣中似乎還有一種名喚遺憾的情緒悄悄的蔓延。「是因為剛剛的夢嗎？」她喃喃的自語著。

「喬！你嚇死我了！坐在那幹麻呀！三更半夜不睡覺，明天還要去香港耶！」同房的陸睡眼惺忪的說著。

「沒！我頭暈的毛病又發作了，繼續躺著我怕會更嚴重！」心慌之下，她隨意的說了個理由。

「你還好吧！那我去櫃檯問問看有沒有相關的成藥好了。」

「不用啦！我坐一下就好了，你睡吧！」提到櫃檯，她的心猛然的露跳了一拍。

「真的嗎！那我就繼續睡啦！如果還是不舒服一定要講喔！」

看著一同到北京旅行的朋友，她笑了笑，思緒又回到了剛剛的夢境中，那如同她親身經歷的夢。夢裡，她像是一個看戲的旁人，只能冷眼的看著一切的發生而無力改變——

一名貌美的女子手裡握著一枝斷柳，正不捨的和一名身著武士裝的男子話別著，但一轉眼，如詩的畫面瞬間泛黃老去，女子已高坐金鑾殿上，容貌依舊姣美，只是多了些滄桑的痕跡，以及屬於帝王的戾氣。

像是天黑一般，皇宮中的氣派明亮的畫面忽然變成了一片黑暗，黑暗中歷經了千百年，女子歷經了多世的生老病死，穿越了一扇又一扇輪迴的門，直到打開了最後一扇……女子依舊坐在金鑾殿上，只不過面前置著一面珠簾，珠聯外是正在朝拜的百官，女子癡心不改，簾內哀怨的眼神直直的瞅著百官中為首的一人。

她從回憶中醒來，那種惆悵、遺憾的心境是從未有過的，這種陌生令她心慌，彷彿和夢中女子結為一體似的，深切的感受到夢中主角的心情，從年少情愁到睥睨群雄，看似號令天下，但心中卻有一難解的惆悵——年少純真的愛戀。

她輕吁了一口氣，努力的回想夢中男人的樣貌，卻半點也想不起來，只依稀記得男人的眼神，是那樣的溫潤如玉，彷彿被他注視著就是一種幸福。猛然的，像是記起了什麼，她往櫃檯的方向望去，終於明白為何對櫃檯那個陌生的男子有著異樣的感覺。

她悄悄的站起身，推開了沉重的房門，迎接她的是熟悉的眼神，一瞬間彷彿回到了江南岸邊，又見到了那個如春風般的男子，為她拈花而笑。

夢回西廂

李原芳

她往窗外看了看，冬日的陽光透過窗櫺在她的臉上形成了淡淡的陰影，輕輕的嘆了口氣，她——今年剛考上研究所，是學校的風雲人物，為了放鬆緊張的心情，她和兩名好友從喧囂的台北來到充滿古意的北京，百年都市特有的古樸氣息的確安撫了緊繃的心，濃郁的人文氣息令讀中文的她如魚得水。

北京是一個適合自助旅行的都市，她開心的和好友們四處遊覽：從繁華落盡的紫禁城到令人嘆為觀止的長城；從園林之冠的頤和園到臥虎藏龍的小胡同；從豐富精緻的滿漢全席到別具特色的地方小吃，她們一樣都沒放過，著實開心了好些天。

怪就怪在那天下午，她隻手撐著下巴，回憶著當時的情形。那天她們到當地著名的茶館稍作歇息，茶館有個餘興節目是古裝劇中常見的說書，平常說書的內容不外乎也就是《三國演義》、《水滸傳》之類的，那天卻反常的說了個《西廂記》，講述崔鶯鶯癡心錯付，張君瑞無情薄倖的故事，她和朋友都是女權主義者，當下便將張君瑞罵個狗血淋頭，感嘆女兒當自強，只是有一件事她始終沒和朋友說，就是在聽見那個名字的剎那，內心湧起的感受——似甜、似苦、如泣、如訴。

後來的幾天，她不斷的做著奇怪的夢，夢中上演著西廂記：夢裡有一個白淨的書生頻頻獻殷勤，又是彈琴示愛，又是寫信表明心意，而她似乎化身為擁有絕世姿容的崔鶯鶯，雖秉著女兒家的矜持，奈何少女懷春，敵不過鴛鴦美夢，終於答應了書生的追求，而後有了一連串的風流韻事及一輩子的遺憾。

她摸了摸微微發紅的雙頰，《西廂記》裡該有的情節，她的夢裡一個都不少，包括那令人發燙的旖旎纏綿、以及日後的無情拋棄，都令她感到心痛。

「喬，你在發什麼呆，我們要去逛廟會了！」她懵然驚醒，想起今天是大年初一，她們老早就想逛逛北京著名的廟會了，尤其是當台灣的年節氣氛越來越薄弱的時候。

驅車直往東帝廟的廟會，熙熙嚷嚷的人潮充斥著會場，瀰漫著一股歡欣的氣氛，平常肅穆的神祇彷彿也增添了一抹和藹。通紅的福路帶著喜氣，兩旁掛著祈福的牌子，訴說著對未來的遠景，熱熱鬧鬧的小攤販、高台上戲耍的表演團體，為這個城市注入了一股鮮活的生命力。

她和朋友就穿梭在人群裡，享受著人們對於年節的喜悅，看著這樣熱鬧的景象，她卻微微的發了懵，這樣的繁華彷彿很早以前就見過，不過多了很多爭奇鬥艷的花燈。忽然，她被眼前的一個攤位所吸引，那是一個中年男子，能以人們的姓名為畫，貌不驚人，但自有一股風流態度，專注於畫的神情，彷彿身處的不是熱鬧的市集，而是名山大川，她微微的楞了愣，靈魂深處中悄然浮現一個模糊的身影與眼前的畫者融為一體，她笑了笑，趕上了同伴的腳步。

「我要畫一張。」她出聲。畫者抬頭看了她一眼，眼中盡是驚艷。他邊動筆邊和她攀談，還不忘和她的朋友說笑兩句。她冷冷的看在眼裡，原來時間並不能改變一個人的本性，就算是千萬年都不行，男子始終擺脫不了「以色取人」四字。

果不其然，男子提出了邀約，兩名友人嚇了一跳，倒是她處之泰然，彷彿早已知道般，拿了畫，她轉身就走，回頭睨了他一眼，眼神中說盡了千言萬語，似怨似怒。畫者愣住了，像是讀懂了她的眼神，摸摸鼻頭，繼續招呼絡繹不絕的客人，她掩藏不住嘴角的笑意，原來命運是公平的，千百年後的他也不過如此，心中湧起一絲報復後的快感，為千百年前的自己。

怒沉百寶箱

李原芳

「撲通、撲通」一名豔麗的女子正哀傷的倚在船舷邊，把箱子裡的珠寶一串串的往江水裡扔，江面漾起的漣漪帶走月光的金黃也帶走女子畢身的愛戀。

「為何要如此對我？」女子失神的望著江面，猛然縱身一躍，瞬間窈窕的身影只剩一圈惆悵的漣漪。

「不！」她倏地坐起，額上仍是冷汗直流。

「小瑜，妳怎麼了，還好吧！」好友阿芳、小陸、小胖齊聲問道。

「我沒事，只不過又做惡夢了。抱歉，難得出來玩，卻害你們睡不好。」她接過好友遞來的一杯水，溫水潤喉，心神才穩定些，剛剛的夢境她仍心有餘悸，女子心中的哀傷，她感同身受，那種彷若天地已死，想哭卻又哭不出來的絕望令她心慌。

「還好啦！不過你怎麼這麼多大家閨秀的毛病呀，又會頭暈，又會暈機，還會做惡夢！」小陸邊說邊拿起她冰鎮在窗戶邊的奶酪吃了起來。

「對呀，上次還半夜爬起來梳頭，又出去糾纏櫃檯，好險妳還有記得回來，很怕妳要在北京待產。」阿芳發揮「毒舌績優股」的本領開始和小陸一搭一唱。

「對呀對呀！」一向屈服於小瑜淫威下的小胖像是出了籠的鳥兒也附和起來。

「沒禮貌，好像我很水性楊花一樣！」被攻擊的她不甘示弱的反駁。

「是沒有水性楊花啦，只是見色忘友、有異性沒人性而已！」相聲二人組異口同聲的回答。

回報三人的是從天而降的飯店抱枕。

＊＊＊

四人已坐在準備前往澳門的船上，一開始風平浪靜，大家還能說說笑笑，但出海後，海浪翻滾，會暈船的阿芳已呈現「老僧入定」的狀態，其餘三人則看著湛藍的海景。

小瑜看著湛藍的海景，翻滾的浪花，思緒仍糾結於昨夜的夢境，纖手不自覺的伸出窗外，想要感受海風的清涼，突然船身一個震動，手腕上沒扣緊的金手環毫無預警的掉入了海裡，濺起小小的水痕，瞬間被後起的浪潮撫平。

在那一剎那，她好像在浪花裡看到一個女子悲慘的一生：本是大家閨秀，卻因家道中落，淪落風塵，以為得遇良人，卻是負心薄倖之徒，無奈將一生積蓄盡沉江邊，並了結了自身性命。

小瑜有些癡了，忽覺臉上有些冰涼，用手指輕拂，有微微的鹹味，是飛濺到臉上的浪花吧，她倔強的笑了笑，不肯承認是淚水，不想承認女人原來這麼脆弱，依然會為千百年前的傷痕哭泣。

女人的消費能力是驚人的，幾個出外旅行的女子可以買下一家百貨公司了，她們推著堆積如山的行李來到計程車旁，計程車司機是個親切的大叔。

一向兼居導遊職位的小瑜理所當然的坐在司機旁，告訴司機下榻飯店的住址，司機操著不甚流利的普通話表明不知道方位所在，不太有耐心的小瑜強押著性子和司機解釋，豈料司機又換了兩三種語言強調自己聽不懂普通話。正當小瑜不知如何是好時，坐在後座的小陸看出司機的心態，便以台語告知：司機是故意的，當下眾人便以台語交談起來。

司機看著苗頭不對，才帶著笑意道歉：「抱歉呀！看到妳們都是小姑娘，忍不住跟你們開個玩笑呀！別放在心上呀！」話說完，還不斷的觀察身邊小瑜的反應。

小瑜在心頭撇撇嘴，她一向不喜歡「不合她意」的男子跟她開無聊的玩笑，眼前貌似親切的大叔正犯了她的大忌。

像是要贖罪般，大叔親切的介紹沿途風光，小瑜有一搭沒一搭的應著，倒是坐在後頭怕冷場的小陸回應著司機的解說。

略長的車程令小瑜神智有些恍惚，眼前口若懸河的人逐漸與記憶深處的風流書生重疊在一起，在遙遠的記憶中，他似乎也說著討好的話，用誠懇的神情打動她冰封的心。

瞬間的前傾拉回了小瑜的思緒，原來是到達目的地了，朋友們先行下車要取回行李，她則留在車上算錢。

下車了，她用力的甩上車門，阿芳疑惑的問：「怎麼啦！」

「剛剛那司機居然跟我說：我不會忘記妳的」她語帶憤恨，不知是為現在還是為以前。

「看不出你桃花朵朵開呀！台北發電機來到北京漏電了！」小陸打趣的說道。

想起司機誠懇的笑臉，她不自禁的打了個冷顫。

再生緣

李原芳

「砰！」她重重的甩上了門，彷彿那扇門和她有仇似的。

氣急敗壞的坐在沙發上，倔強的忍住委屈的淚水，她真的搞不懂自己到底哪裡出了問題，為什麼總是與甜蜜的戀愛無緣，難不成真的是天煞孤星？

「別想那麼多！妳又還沒告白，不算失戀啦！」室友遞了一杯溫水給她，拍了拍她的肩。

「你是在安慰我嗎？」她沒好氣的看了室友一眼。

「當然囉！妳聽不出來嗎！別想那麼多了啦，想想我們即將到來的出國大計，台灣的男人不識貨，咱們就出國去找識貨的人！」室友昂起胸膛，像是美好的願景已近在眼前。

「有病！」雖然明白室友逗她開懷的美意，但她還是忍不住撂下兩個字，轉身便回了房間。

＊　＊　＊

她來到了廟裡，奶奶囑咐她出門前到廟裡燒個香，祈求旅途平安。向來不相信這些的她，拗不過老人家的美意，還是走了一趟。

拜完正神之後，她看到一堆人擠在月老祠前，虔誠的祈求姻緣，祈求那傳說中繫人姻緣的紅線。裊裊的香煙傳遞著人們成雙成對的心願。

看著堂上的白鬍子老人，她若有所思的看了看自己的小指，笑了笑轉身走出了廟門。

「小姑娘，求姻緣嗎？」一個笑瞇瞇的老頭對著她說道。

她回頭看了一眼，沒有答腔。沒辦法，最近詐騙集團太猖狂了，無所不用其極，一不小心就是血本無歸。

見她不回話，老人也不生氣，推了推臉上的眼鏡繼續說著：「妳也不用費心求神了，妳這輩子已經和人約好了，人是要守信的。」

她頓了頓，看著老人，眼神中透露出「你果然是騙子」的訊息，然後頭也不回的走了。

「唉唉唉，這什麼世道呀！日日求神拜佛卻不知遠在天邊，近在眼前。」老人搖搖頭，細心的理著手邊的紅線。

＊　＊　＊

她和同學們來到了北京，這是大家第一次一同出國，每個人都十分興奮。下榻的地點是一間古色古香的宅院，據說曾經是某個大官金屋藏嬌的地方。她們四個人住了一間三人房，臥房古色古香，還有一個小廳堂。

由於多了一個人，須向櫃檯多要些日常用品。

「妳打電話啦！他講什麼，我們都聽不懂。」同學們討好的說道。

坐在櫃檯的是一名年輕的男子，說話口音極重，令人無法分辨，只有聽慣奶奶說話的她，可以明白男子話中涵義。

她認命的撥了電話，便忙著整理行李了。

一會兒，響起了微弱的敲門聲，她以為是同行的朋友，大聲的喊著：「自己不會進來呀！站在外面幹麻！」

門外依舊毫無動靜，她有點生氣的站起來開門，門外站的竟是櫃檯的男子，手裡還拿著一床被子，無辜的看著她。

四目交接，看著他漆黑的眸子，瞬間失了神。

之後，她發現自己好像變了，居然對一個初次見面的人有著莫名的好感，無論是他墨黑的眸子、說話時的口音還是那略帶菸草味的氣息都令她有一種熟悉的感覺。她握緊了手上的紙條，那是他的ＭＳＮ帳號——她今天教會他使用的。

＊　＊　＊

回到台灣已經有許多天了，電腦上沒有出現期待已久的帳號，她難掩內心的失落。

「叮咚！」她看著跳出來的視窗，臉上露出欣喜的笑容。

那晚，她做了一個夢：一個穿著軍服的男子握著她的手，兩人許下來世之約，而後畫面一轉，她看到一座花園，一座桃花園，種滿了許多桃樹，樹上掛著小木牌，寫著人名。這些桃木：有的開滿燦爛的花朵、有的則是稀疏幾朵在枝頭、或是只見綠葉、甚至還有枯死與遭蟲蛀的桃樹。她隨意的瀏覽著，驀然，她看到一棵以她為名的桃樹，樹枝上有著含苞待放的粉嫩桃花。

國家圖書館出版品預行編目

腳踩地圖：當我們同在一起 / 于千喬, 李原芳
, 王昱婷著. -- 一版. -- 臺北市：秀威資
訊科技, 2010.01
面； 公分. --(語言文學類；PG0331)
BOD版
ISBN 978-986-221-381-0(平裝)

868.63 98023686

語言文學類 PG0331

腳踩地圖：當我們同在一起

作　　　者 / 于千喬、李原芳、王昱婷
發　行　人 / 宋政坤
執 行 編 輯 / 藍志成
圖 文 排 版 / 郭雅雯
封 面 設 計 / 李孟瑾
數 位 轉 譯 / 徐真玉　沈裕閔
圖 書 銷 售 / 林怡君
法 律 顧 問 / 毛國樑　律師
出 版 印 製 / 秀威資訊科技股份有限公司
台北市內湖區瑞光路583巷25號1樓
電話：02-2657-9211　傳真：02-2657-9106
E-mail：service@showwe.com.tw
經　銷　商 / 紅螞蟻圖書有限公司
台北市內湖區舊宗路二段121巷28、32號4樓
電話：02-2795-3656　傳真：02-2795-4100
http://www.e-redant.com

2010 年 1 月　BOD 一版
2010 年 5 月　BOD 二版
定價：200 元

讀　者　回　函　卡

感謝您購買本書，為提升服務品質，煩請填寫以下問卷，收到您的寶貴意見後，我們會仔細收藏記錄並回贈紀念品，謝謝！

1.您購買的書名：______________________________

2.您從何得知本書的消息？

☐網路書店　☐部落格　☐資料庫搜尋　☐書訊　☐電子報　☐書店

☐平面媒體　☐ 朋友推薦　☐網站推薦　☐其他__________

3.您對本書的評價：(請填代號　1.非常滿意 2.滿意 3.尚可 4.再改進)

封面設計____　版面編排____　內容____　文/譯筆____　價格____

4.讀完書後您覺得：

☐很有收獲　☐有收獲　☐收獲不多　☐沒收獲

5.您會推薦本書給朋友嗎？

☐會　☐不會，為什麼？______________________________________

6.其他寶貴的意見：______________________________________

____

____

____

讀者基本資料

姓名：____________________　年齡：______　性別：☐女　☐男

聯絡電話：________________　E-mail：____________________

地址：____

學歷：☐高中(含)以下　☐高中　☐專科學校　☐大學

☐研究所(含)以上　☐其他_______________

職業：☐製造業　☐金融業　☐資訊業　☐軍警　☐傳播業　☐自由業

☐服務業　☐公務員　☐教職　☐學生　☐其他__________

請貼
郵票

To：114

台北市內湖區瑞光路 583 巷 25 號 1 樓

秀威資訊科技股份有限公司　　　收

寄件人姓名：

寄件人地址：□□□

(請沿線對摺寄回,謝謝!)

秀威與 BOD

BOD（Books On Demand）是數位出版的大趨勢，秀威資訊率先運用 POD 數位印刷設備來生產書籍，並提供作者全程數位出版服務，致使書籍產銷零庫存，知識傳承不絕版，目前已開闢以下書系：

一、BOD 學術著作—專業論述的閱讀延伸
二、BOD 個人著作—分享生命的心路歷程
三、BOD 旅遊著作—個人深度旅遊文學創作
四、BOD 大陸學者—大陸專業學者學術出版
五、POD 獨家經銷—數位產製的代發行書籍

BOD 秀威網路書店：www.showwe.com.tw
政府出版品網路書店：www.*gov*books.com.tw

永不絕版的故事・自己寫・永不休止的音符・自己唱